Sternenmenschen

George Adamski
durch
Marianne Guanter

VENTLA-Verlag
Nachfolger
33330 Gütersloh
1. Auflage 1996

ISBN 3-929380-24-2

Postfach 3112, 33261 Gütersloh

Herstellung: TURMALIN Verlags- und Vertriebs GmbH.
33330 Gütersloh

Druck: OFFSET Druckerei Pohland, Augsburg

Inhaltsverzeichnis

Vorwort

Seit meinem Tod im Jahre 1965 ist die Forschung um die Ufo-Sichtungen nicht stillgestanden. Immer wieder finden sich Menschen, die ihr Leben dazu nutzen, mehr Realität in diese Angelegenheit zu bringen. Die Öffentlichkeit weiß in der Zwischenzeit um viele Sichtungen mehr, doch wenig über die wahren Hintergründe und praktisch gar nichts über die Wesen, die diese "fliegenden Untertassen" navigieren. Ein paar einzelne Menschen durften in Kontakt kommen mit Sternenmenschen, also Bewohnern von anderen Planeten, und sogar Raumflüge erleben.

Die Berichterstattungen, die darüber berichten, halten sich in Grenzen, denn nicht jede Person fand den Mut, mit den gemachten Erlebnissen an die Öffentlichkeit zu treten. Zu oft sind solche Leute der Lächerlichkeit preisgegeben worden, wo immer nur möglich, denn diese Geschichten durften aus verschiedenen Gründen nicht ernstgenommen werden, da für die weltlichen Machthaber zu viel auf dem Spiel stand, ja immer noch steht. Nichts wird von den Politikern, Militärs und Wirschaftsbossen dieser Erde mehr gehütet als das Geheimnis um die Existenz außerirdischen Lebens. Das Versteckspiel um das Herunterspielen aller Tatsachenberichte über diese geheimnisvollen Flugkörper würde noch lange andauern, wenn sich der Druck von außen her nicht vergrößert.

Genau dies ist der Grund, der mich dazu bewogen hat, mich wiederum dafür einzusetzen, mehr Wissen unter die Menschheit, die es wissen will, zu bringen. Ich habe die Gelegenheit gefunden, meine Ausführungen auf telepathischer Ebene meinem Medium zu übermitteln und so eine breite Interessengruppe zu erreichen. So wird es möglich sein, die Informationen über unsere Existenz - auch ich weile wieder in der Mitte meiner Sternengeschwister - in alle Welt zu tragen und Vorurteilen zu begegnen.

Dieses Buch soll vor allem Einblick geben in die Lebensweisen auf anderen Planeten, um Euch davon zu überzeugen, daß Eure Ängste unbegründet sind, denn, wissend, wie diese anderen Wesen des Universums über ethische Aspekte und über Gott denken, werdet auch Ihr Eure Einstellung zu diesem Thema überprüfen und, so hoffe ich, neu und positiv dazu ausrichten.

George Adamski

Rückblick

Bevor ich mich darauf konzentriere, Euch Einzelheiten über das Leben auf anderen Planeten zu beschreiben, möchte ich noch kurz zurückblenden in mein letztes Leben, das sich, wie ihr wahrscheinlich wißt, von 1891 bis 1965 abspielte. Ich habe mir damals eine Aufgabe übernommen, die ich schlußendlich nicht zu meiner Zufriedenheit ausführen konnte, da sich die Umstände gegen meine Absichten stellten. Daß ich Gegner haben würde, war mir von Anfang an klar, doch daß sie so perfide sein würden, hatte ich mir dennoch nicht vorgestellt. Ich muß zwar auch eingestehen, daß ich anfänglich zu gutgläubig war, schnell dazu bereit, Vertrauen zu schenken, so, wie ich dies von meiner eigentlichen Heimat her - der Venus - gewohnt war. Ich lernte diesbezüglich zu langsam, was mich enorme Energien kostete. Hätte ich bei meinen Gesprächspartnern mehr Mißtrauen an den Tag gelegt, so hätte ich mir manche spätere Unannehmlichkeit ersparen können. Nun, durch Schaden wird man klug, aber dennoch nicht frei von Angriffen, Verleumdungen und dem Risiko, einem Attentat zum Opfer zu fallen, womit ich ausdrücken möchte, daß letzeres mein Schicksal als George Adamski beendete. Und das kam so:

Wie Ihr aus meinem zweiten Buch "Im Innern der Raumschiffe" (VENTLA-Verlag) entnehmen könnt, hatte ich das Privileg, in solchen Fahrzeugen mitgenommen zu werden. Dadurch konnte ich vieles sehen und auch lernen, so daß sich mein Bewußtsein für die Geheimnisse der Natur weitete. Denn diese Menschen im All haben sich, um diese interplanetaren Flüge ausführen zu können, die Natur zunutze gemacht, indem sie ihre Gesetze genau studierten und sich ethisch einordneten. Sich diesen Gegebenheiten zu fügen heißt, sich harmonisch einzubringen ins Ganze. So ist es ihnen möglich geworden, sich die natürlichen Energien auf eine schadlose Art dienstbar zu machen und immer höhere Schwingungen zu ergründen. Gerade das Wissen um diese Geheimnisse erschwerte mir das Leben auf Erden mehr und mehr. Einzelne Menschen waren sich bewußt, daß ich Geheimnisträger war, und das machte mich für sie so gefährlich. Es durfte unter keinen Umständen geschehen, daß ich an der Realisation dieses neuen Antriebssystems arbeiten würde und die Kühnheit hätte, sie für teures Geld an eventuelle Staatsgegner zu veräußern. Sie konnten natürlich nicht wissen, daß mir dies von meinen Freunden aus dem All sowieso untersagt war, da sie den Weitblick haben, was dieses Lüften eines großen Geheimnisses zur Folge hätte.

Zurück zu meiner Vergangenheit. Um sicherzugehen, daß wichtige Daten meinerseits nicht ausgeplaudert würden, wollte man meiner habhaft werden und mich "aus dem Verkehr ziehen". Das war eine länger dauernde Prozedur, die für mich an den Rand der Belastbarkeit ging. Meinen Freunden konnte dieser Zustand nicht unbemerkt bleiben, daher zog ich mich sehr zurück, um ihren Fragen auszuweichen, konnte und wollte ich sie doch nicht damit belasten. Ich weiß, daß dieses mein Verhalten nicht eben auf Verständnis stieß und gar manche dazu bewog, sich ganz von mir zu distanzieren. Ich kann es ihnen nicht verübeln, so schmerzlich es mich auch berührte. Offenheit meinerseits hätte auch sie in Gefahr bringen können, und diese Verantwortung konnte ich nicht auch noch tragen. So vereinsamte ich mehr und mehr, stets mißtrauischer werdend gegen jeden Menschen, der mir begegnete. In dieser Zeit erhielt ich etliche Drohbriefe, von hohen amtlichen Stellen, wie ich herausfand. Sich dagegen zu wehren, war ein Ding der Unmöglichkeit. Niemand fand sich, der dazu bereit gewesen wäre, sich mit "dem Staat" anzulegen. So focht ich auf einsamer Flur um mein Überleben, denn auch meine außerirdischen Freunde hätten in dieser Sache nichts für mich tun können, außer mich ins All zu evakuieren. Und dies wiederum wäre mit meiner Mission nicht konform gegangen. Mein spurloses Verschwinden hätte zu neuen Spekulationen Anlaß gegeben, die mich in ein unerwünschtes Licht gerückt hätten. Man würde mich der

Sensationshungrigkeit verschrien haben von amtlichen Stellen her, um Unglaubwürdigkeit meiner Aussagen auf der ganzen Linie zu erwirken. Auch meine paar wenigen letzten Freunde würden es nicht verstanden haben, mich dermaßen klein beigebend zu erfahren. Gewiß, ich war niemandem Rechenschaft schuldig über mein Tun und Lassen, doch mein Schicksal sollte nun mal anders verlaufen - nicht ich alleine hatte über das Verbringen meiner letzten Zeit zu bestimmen. So kam es, wie es kommen mußte, und vor dem mir ein Leben lang graute: einer Krankheit wegen mußte ich mich in ärztliche Behandlung begeben. Und das war *die* Chance für meine Gegner. In sicherem Gewahrsam in einem Sanatorium in der Nähe von Ashington, Takoma Park, Maryland, wohin ich verfrachtet wurde, fiel ich dann nicht etwa meiner Krankheit zum Opfer, sondern den Künsten der Medizin. Mein Körper war zu wichtig, als daß er einfach, verpackt in einer Holzkiste, in der Versenkung eines Friedhofgrabes hätte verschwinden dürfen, ohne vorher einer eingehenden Inspizierung unterzogen worden zu sein und ohne einen gewissen Bereich dieses Körpers zu öffnen, um Aufschlüsse zu erhalten.

So fand ich mein unrühmliches Ende. Doch sie machten die Rechnung ohne den Wirt - hier bin ich wieder. Und dieses Mal wird es mir gelingen, das zu vollbringen, was mir dazumal nicht vergönnt war. Heute werden viele Menschen für meine Ausführungen bereit sein, denn das Zeitgeschehen wird den Weg für dieses Buch ebnen. Die sich überstürzenden Ereignisse werden den Hunger nach Wahrheit schüren und so die Bereitschaft zur Aufnahme höheren Wissens fördern. Ihr, die Ihr bereits jetzt dieses Buch lest, seid zuversichtlich, denn Euer Glaube an das hier Gesagte wird Euch schützen und erretten.

Einstieg in das fremde Wissen

Vielleicht ist jemand unter den Lesern, der sich zum ersten Mal mit dieser Thematik ernsthaft auseinandersetzt. Für diese Leute müßte ich noch vorweg ein paar Dinge erwähnen, um die richtige Ausgangslage zu schaffen.

"Außerirdische" ist ein Sammelbegriff, der sehr viel einschließen kann. Alle Sonnensysteme im Universum und Omniversum haben bewohnte Planeten, d. h., daß intelligentes Leben anzutreffen ist, also Menschen, euch ähnlich. Hier gibt es allerdings einige Unterschiede, und zwar in bezug auf ihre Entwicklung, ihren Bewußtseinsstand sowie im Aussehen. Schauen wir Euer Sonnensystem an, da Euch dieses im Moment wohl am meisten interessiert. Euer Wohnplanet, die Erde, beherbergt Menschenrassen, die in ihrem Bewußtsein - Gott sei's geklagt - leider längst nicht so weit aufgestiegen sind, wie sie in den vergangenen Jahrtausenden die Möglichkeit dazu gehabt hätten. Da Egoismus, Habsucht und Machtgier die ethische Wissensbildung verdrängten, ist dadurch die Bewußtwerdung unterdrückt oder vernachlässigt worden, so daß es sogar zu einem Rückschritt - philosophisch betrachtet - kommen konnte. Dies ist ein gefährlicher Aspekt, denn Wissenschaft ohne den geistigen Hintergrund zu fördern, bedeutet, Ruhm und Geltungssucht wichtiger einzustufen als Rücksicht und Ethik. Was daraus resultiert, bekommt Ihr am Beispiel Erde demonstriert. Dabei ist zu bedenken, daß das Endprodukt eures Handelns noch nicht sichtbar ist, und ich versichere Euch, es wird nicht besser, sondern um einiges schlechter ausfallen als der jetzige Ist-Zustand! Der Mensch, die Krone der Schöpfung...???

Ich glaube, es dürfte Euch unter diesem Gesichtspunkt nicht allzu fest erschüttern, wenn ich Euch eröffne, daß Ihr das mindestentwickelte Menschendasein lebt, das in diesem eurem Sonnensystem anzutreffen ist. Natürlich gibt es im All noch viele andere Planeten, deren Bevölkerung euer Bewußtseinsniveau innehat oder selbst nicht mal auf dieser Stufe ist. Schließlich waren auch auf der Erde zu Beginn erst menschenähnliche Wesen, wie ihr sie aus Darstellungen in der Schule kennt - die Höhlenbewohner - anzutreffen. Es dauerte Jahrtausende der Entwicklung, um diese Spezies zu dem werden zu lassen, was man heute als Hochkultur bezeichnen möchte. Und die Erde hat bereits mehrere Hochkulturen hinter sich. Diese Zivilisationen erreichten einen Wissensstand, von dem Ihr Euch jetzt noch kein Bild machen könnt, da ihre Fähigkeiten für Euch an Zauberei grenzen. Ihr könnt euch jetzt fragen, wieso nichts davon übriggeblieben ist, ich meine nichts von diesem großen Wissen um die Dinge. Nun, es ist diesen Menschen ähnlich ergangen wie es Euch bevorsteht. Hochmut, gottloser Ehrgeiz und Habsucht haben auch bei ihnen ins Verderben geführt. Die Naturgesetze lassen sich nicht ungestraft umgehen. Viele aus dieser Zeit der Hochkultur stammenden Menschen weilen auch jetzt wieder auf der Erde, um zu lernen oder zu helfen. Eigentlich hätte es dieses Mal besser gemacht werden müssen... Da zum jetzigen Zeitpunkt die Situation dermaßen verfahren und aussichtslos ist, kann nur noch Hilfe von außen Rettung bringen. Und diese Rettung ist möglich, weil die Menschen auf den anderen Planeten eures Sonnensystems eine Entwicklung hinter sich haben, die Euer Bewußtsein um ein Vielfaches übersteigt. Jetzt werdet Ihr mir vielleicht entgegnen, daß es nachgewiesenermaßen auf den anderen Planeten kein Leben gäbe, da die Aufnahmen, die Ihr bis jetzt zu sehen bekommen habt, Steinwüsten aufzeigen, und zudem gäbe es dort keine Atmosphäre, die Leben möglich machen würde. Eure Wissenschaftler wissen, wie Ihr meint, schon viel über das Universum, doch sie kennen nur einen Blickwinkel. Und was noch viel wichtiger ist: sie sind Gefangene der Dreidimensionalität. Auch ihre Behauptung, was sich nicht beweisen läßt und was nicht sichtbar ist, gibt es nicht, ist falsch. Bereits hellsichtige Menschen könnten sie in einigen Dingen eines anderen belehren. Daß es Euch noch nie eingefallen ist, hellsichtige Astronauten auszubilden und auf die Reise zu schikken? Daß der Mond auch von anderen besucht wurde, habt Ihr bei der ersten Mondlandung feststellen müssen, wenngleich darüber nichts verlautbart wurde vor der Bevölkerung, die eigentlich ein Anrecht darauf hätte, darum zu wissen, ist sie doch die Geldgeberin für diese kostspieligen Exkursionen. Ein hellsichtiger Astronaut hätte noch einiges mehr zu schauen vermögen! Das geistige Auge, auch drittes Auge genannt, vermag Dinge zu sehen, die feinstofflicher sind, sich in einer höheren Schwingung befinden. So wird es z. B. möglich, Verstorbenen wiederzubegegnen oder Situationen visuell zu erfassen, die sich noch gar nicht in der Materie manifestieren. Dazu muß man wissen, daß sich alles erst im feinstofflichen Bereich bildet, bevor es sich verfestigt und in die Materie transformiert wird; daher wird es möglich, in die Zukunft zu schauen. Wenn wir nun also diese Fähigkeit der Hellsicht einsetzen, um andere Welten, sprich Planeten zu ergründen, eröffnen sich da ganz andere Möglichkeiten des Studiums. Ihr würdet dann z. B. erkennen, was für ein reges Leben auf dem Mars oder auf der Venus stattfindet. Auf diesen Sternen (und den anderen Planeten) leben Menschen, deren Bewußtsein eine hohe Schwingung verursacht; sie sind also demzufolge feinstofflich, wie auch ihre ganze Umgebung. Dem normalen physischen Auge entzieht sich also diese Realität vollkommen. Diese Menschen sehen ihrerseits im Normalzustand die grobstoffliche Struktur des Planeten nicht, können sich aber willentlich in diese Wahrnehmung versetzen. Was Ihr vermeintlich als die Realität, als die einzige Wirklichkeit betrachtet, ist in Tat und Wahrheit Maya, Illusion! Der Mensch ist Geist, und alles was ihm zugehört, kann daher nur immateriell sein. Geist ist unvergänglich, ist ewig, ist göttlich; also ist der Mensch ein Teil Gottes.

Hier geraten wir bereits stark ins Philosophische. Ich will Euch nicht schon zu Beginn in Gedankenakrobatik verstricken, um

Euch nicht vorzeitig zu ermüden und dazu zu bringen, dieses Buch voreilig aus der Hand zu legen, gibt es doch noch so viel Interessantes und für euch Wissenswertes zu erfahren.

Ich möchte Euch zu Höhenflügen verleiten, die Euer Dasein in ein neues Licht rücken und Freude aufkommen lassen. Ich möchte Euer begrenztes Denken aus seinen Schranken befreien und auch so die Weiten des Alls erahnen lassen. Ihr seid von Geburt her Adler - Ihr liegt also falsch, wenn Ihr Vogel-Strauß-Politik betreibt. Erhebt Euren Geist auf den kräftigen Schwingen des Adlers in die unendlichen Lüfte, in die Freiheit des unbegrenzten Denkens.

Die Freiheit des Denkens

Dies ist eine Anforderung, die Ihr erst wieder neu erlernen müßt. Eure Schulen und Medien haben Euch diesbezüglich stark verbildet, mißgebildet; Ihr seid Denkkrüppel geworden. Das Fernsehen hat Euch gerade noch den Rest gegeben. Indem Euch zu allem Gedachten auch gleich noch die Bilder geliefert werden, seid Ihr unfähig geworden, eigene Phantasien zu bilden und ihnen eigene Formen zu geben. Euer persönliches Denken wird bewußt mehr und mehr abgestumpft, bis Ihr, Computern gleich, nur noch das in Euch verfügbar habt, was Euch von außen her eingetrichtert wird. Und so werdet Ihr - zur Freude gewisser Menschen - immer besser auf Knopfdruck funktionieren, wobei Störungen (sprich eigenes Denken) immer seltener auftreten werden. Liebe Freunde, wacht auf, bevor es zu spät ist. Gebraucht Euer Hirn dazu, zu dem es geschaffen wurde: zum Denken! Nutzt diese autonome Fähigkeit, um Eure Freiheit wiederzuerlangen. Ihr merkt schon gar nicht mehr - oder nur wenige von Euch - wie ihr immer mehr eingelullt und einem Einheitsbrei einverleibt werdet. Wer sich noch bemerkbar zu machen sucht, den versuchen gewisse Kreise oder Organisationen mundtot zu machen, um wieder freie Hand zu haben zu unethischem Tun. Freiheit ist das höchste Gut, das Ihr habt; sie steht noch vor dem Leben, denn das, was ihr unter Tod versteht, existiert nicht, ist Maya, ist Illusion.

Was ich Euch in diesem Buch sagen werde, wird starken Angriffen ausgesetzt sein und wird bis zum geht-nicht-mehr diffamiert werden, weil das Wissen um diese Tatsachen die Menschen aus der Unfreiheit in die Freiheit entlassen würde, nähmen sie dieses Gedankengut als einzige Wahrheit in sich auf. Ihr müßt Euch bewußt sein, daß Euch dieses Wissensgebiet auf der einen Seite frei macht, aber andererseits Euch vor eine Mauer von Unverständnis Eurer Mitmenschen stellen wird. Ihr braucht ein dickes Fell, wenn Ihr mit diesem Bewußtsein Euch öffentlich kundtut, denn der Spötter und ungläubigen Lacher gibt es viele. Doch heißt es nicht: "Wer zuletzt lacht, lacht am besten"? Laßt Euch also nicht irritieren durch sogenannte Besserwisser. Die Sicht von oben bietet mit Sicherheit einen besseren Überblick als der durch Dogmen eingeengte Blickwinkel. Prüft Euer eigenes Empfinden; und wenn Ihr etwas als für Euch stimmend anerkennt, bleibt so objektiv wie nur irgend möglich, wenn neue Daten an Euch herangetragen werden, damit Ihr sie entweder in Euer bestehendes Wissen einordnen könnt oder aber gleich wieder hinausschmeißt. Ihr selbst seid Euer Zensor.

Was ich Euch zu sagen haben werde, wird schlecht in euer bisheriges Denken hineinpassen, eröffnet es doch den Einblick in bisher Unbekanntes. Es hängt also stark von Euch selbst ab, wie offen Ihr Neuem gegenüberzutreten vermögt. Fast möchte ich sagen, Ihr müßt werden wie die Kinder. Sie besitzen noch die Bereitschaft, sich mit Phantasmen einzulassen und sich in Märchen zu versenken. So ähnlich wird es Euch nämlich vorkommen, wenn Ihr meinen Beschreibungen folgen werdet. Eure Phantasie wird beflügelt werden, Bilder werden in Eurem Innern auferstehen, und Eure Gedanken werden sich an meinen Schilderungen entlangtasten, um schlußendlich eigenen Anziehungspunkten zu folgen. Es mag sein - und dies wünsche ich mir von Herzen - daß Euer Wissenshunger nach der Lektüre dieses Buches nicht gestillt sein wird, sondern daß im Gegenteil erst einmal Appetit auf dieses Thema aufgekommen sein wird, der sich zum Heißhunger steigert. Dann allerdings hätte ich mein Ziel voll erreicht. Wenn Euer Interesse für UFOs einmal so stark geweckt sein wird, werdet Ihr, allen Medienaussagen und -unterstellungen zum Trotz, zu eigenen Gedanken, eigenen Überlegungen und eigenen Schlußfolgerungen ansetzen und nicht dazu bereit sein, vorgekautes und vorverdautes Gedankengut und Pseudowissen zu konsumieren. Hier liegt nämlich der Hase im Pfeffer: Der von den Medien ver- oder überwürzte "Hase" kann nur noch von Leuten genossen werden, deren Geschmacksnerven abgetötet sind. Sensibilisierte Menschen reagieren vorsichtig auf zu viel Pfeffer oder Würze überhaupt, denn sie mögen es nicht, wenn dadurch die eigentliche Speise, die Substanz, verfälscht wird bis gar zur Unkenntlichkeit. "La nouvelle cuisine" wird hoffentlich auch in diesem Bereich den Vorzug erhalten, womit ich aussagen möchte, daß das Reine, Naturbelassene, Unverfälschte, kurz die Wahrheit, obsiegen wird.

Die Freiheit des Autors

Habt Ihr Euch etwa schon gefragt, aus welchem Grund gerade ich mich zu Wort melde, da ich doch im Jenseits weile, gemäß Eurer Meinung?

Nun, es ist eben nicht ganz so, wie Ihr Euch dies vorstellt. Ich werde Euch sagen, warum. Landläufig herrscht bei euch die Ansicht, daß ein Mensch, einmal verstorben, entweder in Nichts zerfällt oder höchstens eine letzte Reise unternimmt in den Himmel oder, wenn's im Leben ganz schief gelaufen ist, in die Hölle, um dort zu bleiben bis in alle Ewigkeit. Eben so ist es nicht; die Seele hat einen langen Weg vor sich, bis sie endgültig in die ursprüngliche göttliche Einheit zurückkehrt. Warum? Weil zuerst das Bewußtsein so weit angehoben werden muß, daß ein Wiederverschmelzen mit der höchsten Ebene möglich wird. Ein gutes Stück der Entwicklung habe ich bereits hinter mich gebracht, doch liegt noch ein Stück des Weges vor mir. Zum gegenwärtigen Zeitpunkt bin ich wieder inkarniert; um ganz genau zu sein, läßt sich sagen, daß ich in einem feinstofflichen Körper auf der Venus weile, mich zum Volk der Santiner zähle und mir, zusammen mit vielen meiner Mitschwestern und -brüder, zum Ziel gesetzt habe, im Dienste Gottes dem Erdenvolk in seiner schwierigsten Zeit hilfreich beizustehen. Wie jeder einzelne dies zu tun wünscht, ist freigestellt, doch sicher wird eine Möglichkeit gewählt, die dem betreffenden Wesen schon von der Ausbildung her am nächsten liegt. Meine Laufbahn hat sich seit mehreren Inkarnationen - wovon die letzte und einige andere vorher auf der Erde waren - auf die Hilfestellung der Erdbevölkerung und auf die Luftraumfahrt im speziellen konzentriert. Es ist dies ein so umfangreiches Wissensgebiet, das sich nicht im Verlauf eines einzigen Lebens erarbeiten läßt. Auch braucht es, wie ich schmerzlich erfahren mußte,viel Geduld mit den "Erdlingen", bis sie dazu bereit sind, Neues und Außergewöhnliches zu akzeptieren. Gerade die Menschen, die ich am sehnlichsten erreichen wollte, verbauten mir den Weg, stellten Fallen, versuchten, mich unter ihren Daumen zu bekommen. Ich konnte meinen Weg auf Erden nicht bis zu dem Punkte gehen, den ich ins Auge gefaßt hatte; darum suchte ich nach einer weiteren Möglichkeit, um mein Ziel dennoch zu erreichen. Ich habe die Freiheit, die Art und Weise meines Helfens selbst zu bestimmen, und so ergab es sich fast von selbst, mein Wissen in geschriebener Form weitergeben zu wollen, zumal ich ja bereits zu Lebzeiten in den USA Veröffentlichungen dieser Art machte. Das Medium zu finden, war nicht schwierig, kannte ich es doch bereits schon aus anderen Vergangenheiten.

Und so stehen wir nun also an dem Punkt, wo wir jetzt eben sind, und das Abenteuer Raumfahrt - Besuche auf anderen Planeten - kann beginnen. Es steht mir absolut frei, was ich Euch mitteile und was ich Euch verschweige. Es liegt in meiner eigensten Verantwortung, wie weit ich den Vorhang, der das All verhüllt, lüften will. Also muß ich mich in meine Leser hineinzufühlen suchen, um zu erkennen, wie viel ihr Bewußtsein bereit ist, aufzunehmen und zu verarbeiten und was überhaupt im Bereich des Fassungsvermögens liegt. Es ist ja sinnlos, Euch über Dinge informieren zu wollen, wovon ihr nur "Bahnhof" versteht. Auch gibt es Bereiche, die ich Euch nicht zu schildern vermag, ganz einfach aus dem Grund, weil Euer jetziger Wortschatz nicht ausreicht. Neue Ausdrücke müßten erst geschaffen werden für Dinge, die Ihr noch gar nicht kennt. Also bleiben wir in den Bereichen, die eine einigermaßen klare Verständigung erlauben. Ich lade euch dazu ein, mir in die anderen Welten zu folgen.

Meine Aufgabe

Um Euch annähernd ein Bild geben zu können von dem, was mich im Moment beschäftigt, muß ich ein bißchen weiter ausholen. Zu meinen letzten Lebzeiten auf Erden bedrängten mich viele Fragen in bezug auf außerirdisches Leben. So manches konnte ich mir nicht vorstellen, wie es für Menschen von anderen Planeten ist. Da sie nach anderen zur Wirkung kommenden Naturgesetzen leben, müßte sich doch auch einiges anders gestalten als bei uns, und das kann die simpelsten Alltagsfragen betreffen. Wie machen sie dieses, wie haben sie jenes Problem gelöst, was vollzieht sich, wenn...? Viele dieser meiner damaligen Fragen sind offen geblieben, weil sich keine Gelegenheit zur Klärung bot. Ich habe sie ins Grab mitgenommen, und darum hafteten sie mir auch noch an, als ich in ein neues anderes Dasein hineinglitt. Ich inkarnierte mich wiederum bei den Santinern, dem Volk meiner einstigen Herkunft. Durch das Eintauchen in dieses Bewußtsein wurden die oben erwähnten offenen Fragen hinweggespült oder, vielmehr gesagt, sie füllten sich auf durch das alte Wissen, zu dem ich in der höheren Schwingung wiederum Zugang bekam. Sogleich war jegliches Wissens-Vakuum also ausgefüllt, und jetzt tue ich mich etwas schwer damit, auszusondern, was denn ihr als wissenswert betrachten könntet. Ich denke schon, daß es die alltäglichsten Dinge des Lebens sein müßten, die am brennendsten unter der Haut liegen, Dinge, die als selbstverständlich gelten und erst dann zum Nachdenken anregen, wenn veränderte Lebensbedingungen neue Lösungen fordern. So muß ich mir nun also klarwerden darüber, welche der Selbstverständlichkeiten meiner jetzigen Umgebung und Heimat sich auf Erden ganz anders präsentierten. Diese Art von Zurückerinnern erfolgt ohne große Anstrengung, denn es ist nicht so, daß sich beim "Frontenwechsel" von der Erde in die höhere Dimension hinein das Bewußtsein über die Vergangenheit verschleiert, wie sich dies im umgekehrten Fall - beim Wechsel vom Jenseits in ein weiters Erdenleben - vollzieht. Ich muß mir einzig die Zeit dazu nehmen, wieder in die Vergangenheit einzutauchen, um alles Gewesene zurückzurufen. So wird es mir möglich, mich in Eure Situation zu versetzen und aus diesem Empfinden heraus zu wissen, über was ich Euch am ehesten Informationen zukommen lassen sollte. Es ist dann meine Aufgabe, all diese Einzelheiten zusammenzufassen und in einen möglichst kontinuierlichen Ablauf einer Geschichte zu stellen, um Euch eine recht anschauliche Darstellung über die Lebensweise auf einem anderen Stern zu geben. Die angenehmste Art, Wissen zu konsumieren, geschieht sicher in der Weise, daß es verpackt ist in einer Geschichte oder, wenn es umfangreicher sein soll, in einen Roman. Ich lege euch hier ein Zwischending auf. Da ich nicht gedenke, Euch einen Roman zu erzählen über einen jeden der in der Folge erwähnten Planeten, werde ich Euch über jede der verschiedenen Zivilisationen eine lange Geschichte vermitteln, die selbstverständlich der Realität in diesen Welten entspricht. Auffällige Ähnlichkeiten mit Personen, die ihr möglicherweise in Eurer Zukunft antreffen werdet, sind rein zufällig und dementsprechend nicht als gewollt zu betrachten.

George Adamski in Buffalo

BUCH 1

Arunso

Ein Tag wie viele andere schon sollte es werden, doch es kam anders. Ein leises Summen erklang in einem der vielen Räume, die dieses wunderschöne Haus aufzuweisen hatte. Nach einigen Augenblicken erhellte sich ganz sachte das Innere des Gemaches. Die Lichtquelle war nirgendwo und doch überall, wie von unsichtbarer, geheimnisvoller Hand gesteuert. In der Mitte des Raumes begann sich etwas zu regen. In weichen Kissen räkelte sich ein junger Mann, seine grauen Augen staunend herumschweifen lassend. Es machte nicht den Anschein, als ob er hier zu Hause wäre, denn der neugierige Ausdruck auf seinem Gesicht steigerte sich bei jedem Blick in die Runde. Langsam richtete er sich auf, und dabei wurde sein muskulöser, braungebrannter Oberkörper sichtbar. Irgendwo aus dem Hintergrund begann leise Musik zu rieseln, Klänge, die fremd, aber dennoch irgendwie vertraut waren. Er versuchte, sich zu erinnern, wo er schon so ähnliches gehört haben könnte. Ein Traum fiel ihm ein, den er vor mehreren Monaten gehabt hatte. Komisch, dies hier schien ihm so ähnlich. Ja genau, diese Musik... In seiner Erinnerung begann sich alles nochmals aufzurollen, was ihm in jener Nacht geträumt.

Da war er, wie ihm schien, kaum eingeschlafen, als sich sein Bett im Kreis zu drehen begann, schneller und schneller, bis er durch die Wirkung der Schwerkraft hinausgeschleudert wurde. Er sah sich höher und höher fliegen und hatte dabei ein wundersames Gefühl, das sich kaum beschreiben läßt. Mit Leichtigkeit ließ sich die Richtung wechseln, wobei ihm Verschiedenes auffiel. Er war ganz alleine im Raum, fühlte aber, daß doch jemand da war. Es war hell, sehr hell, und doch sah er kein Licht. Er bewegte sich rasch, und doch flatterten seine Kleider nicht. Er wunderte sich, daß ihm niemand anderes begegnete, jedoch leise Musik zu hören war, oder sollte ich eher sagen Klänge?

Plötzlich hielt sein Körper abrupt inne in seinem Flug. Vor sich gewahrte er einen nebelähnlichen Schein, der sich immer mehr verdichtete, bis kein Hindurchsehen mehr möglich war. Die schleierähnlichen Schwaden, die sich gebildet hatten, gerieten in Bewegung, und bald danach trat eine männliche Gestalt heraus, deren Blick sich direkt auf ihn richtete. Die Augen waren dunkel, groß und schräggestellt. Die Gestalt an sich war eher klein, der Kopf im Verhältnis jedoch recht groß und unbehaart. Der matte Schimmer seiner Haut wirkte wie Seide und die blasse Farbe etwas blutleer. Seine Kleidung betonte den schlanken aber doch wohlproportionierten Körper, der trainiert und elastisch schien. Seine Füße waren nicht zu erkennen, da sie umgeben waren von der nebligen Substanz. Der Träumende mußte schmunzeln, da ihn der Anblick an ein Rockkonzert erinnerte, wo sich die Musiker auch so eingenebelt hatten, nur des Guten etwas zuviel, denn sie entschwanden den Fan-Blicken für einige Zeit - sicher ungewollt. Dieser Mann jedoch, dessen Alter nicht zu schätzen war, kam langsam auf ihn zu; sein Gesicht strahlte Freundlichkeit aus.

"Martin", schien der Fremde zu sagen, jedoch war keine Bewegung seiner Lippen zu sehen. Verdutzt schaute sich der Angesprochene um, um zu sehen, ob da sonst noch wer in der Nähe war, den er bisher nicht bemerkt hatte. Aber nein, er war alleine mit diesem Fremdling. Der hatte jetzt ein breites Lachen auf dem Gesicht. Belustigt betrachtete er sein Gegenüber, das etwas verunsichert herumstand. Der Fremde ergriff die Initiative und machte eine Kopfbewegung hinter sich. Gleichzeitig vernahm Martin wieder die Stimme, die ihm nun sagte: "Komm mit." Ohne zu zögern folgte er dem Vorangehenden. Gehen konnte man eigentlich nicht sagen, es war mehr ein über dem Boden schweben. Gemeinsam verschwanden sie in dem Nebel, um auf der anderen Seite auf etwas Erstaunliches zu stoßen. Da stand nahe über dem Boden ein metallenes, weißglänzendes Etwas, das einem riesigen dickwandigen Teller glich, der hin und wieder seine Farbe wechselte. "Steig ein", forderte der kleinwüchsige Mann Martin freundlich auf. Dieses Mal war die Stimme direkt im Inneren des Kopfes zu hören. Martin wunderte sich, seine Muttersprache zu vernehmen, obwohl dieser Fremde alles andere war als wie seine Mutter aussah. Wie dem auch sei, er fühlte sich hingezogen zu diesem Gefährt, von dem er wußte, daß es ein UFO sein müsse, und traf Anstalten, einzusteigen.

Just in diesem Moment ging der Traum zu Ende, und Martin ärgerte sich darüber, daß ihn seine Katze, die auf's Deckbett gesprungen war, ihn jäh aus dem Schlaf gerissen hatte. Lange Zeit lag er dann noch wach, sich fragend, was Fiktion und Symbolik war und was möglicherweise Zukunftsvision sein könnte. Oder hatte er gar seine nächtlichen Aktivitäten außerhalb seines Körpers einmal bewußt erlebt? Fragezeichen über Fragezeichen. "Ich muß es auf sich beruhen lassen", kam er zum Schluß, hoffend, daß sich dieses Rätsel dennoch eines Tages klären werde. Und das kam schneller, als er es sich hätte träumen lassen.

In unregelmäßigen Abständen nach diesem nächtlichen Erlebnis fühlte sich Martin in unbegründeter Weise unruhig. Er hatte das Gefühl, etwas müßte sich ereignen, und doch geschah nichts. Daß er sich in seiner Lebensweise zu verändern begann, fiel ihm vorerst gar nicht auf; erst durch Bemerkungen seiner Kollegen begann er sich selbst zu beobachten. Da mußte auch er sich eingestehen, daß seine Interessen von denen seiner Freunde und sonstigen Beziehungspersonen abzuweichen begannen, sei es, daß er sich vermehrt in seine vier Wände zurückzog, sei es, daß er begann, Bücher zu lesen über ein Wissensgebiet, das ihn zwar schon vorher irgendwie faszinierte, aber doch nie vollends in seinen Bann zog: die "UFOlogie". Auch ertappte er sich des

öfteren dabei, wie er seine Augen über den Himmel schweifen ließ und nachts gedankenverloren im Klappsessel auf seinem winzigen Balkon saß, auf etwas wartend, das er nicht zu formulieren vermochte. Was ihn auch erstaunte, war die Tatsache, daß er mit ihm unbekannten Menschen zusammentraf, schnell in ein Gespräch verwickelt war und diese Unterhaltungen immer darin gipfelten, daß über außerirdische Intelligenzen gemutmaßt wurde. "Soviel Veränderung in meinem Leben wird wohl kaum nur eine Laune der Natur sein. Aber was könnte dahinter stecken?"
Daß er den Hang zu spirituellen Dingen hatte, war nichts Neues, und daß er hin und wieder zu Vorträgen ging, die in die Tiefen des Geistes oder der Seele einzudringen suchten, war auch nichts Absonderliches in seinem Leben. Gott und die Welt war für ihn schon immer ein Thema gewesen, wenngleich sich bis dahin eigentlich eher selten die Gelegenheit bot, sich erschöpfend darüber auszulassen. Meistens waren seine Gesprächspartner zu wenig vertraut mit dieser Art tiefgründigen Denkens, so daß sich das Gespräch bald einmal flachlief oder aber es scheiterte die Diskussion an der Begrenzung des Vorstellungsvermögens oder dogmatischer Ansichten. Das Thema wurde von Martin schlußendlich immer mehr weggeschoben, denn es störte ihn, als Eigenbrötler zu gelten, denn zu dem mußte er gezwungenermaßen werden, wollte er seinen gedanklichen Höhenflügen nachgehen.
Durch diesen eindrücklichen Traum wurde seine innere spirituelle Welt jedoch zu neuem Leben erweckt. Er war jetzt in einem Alter, wo man sich das zu leben getraute, von dem man überzeugt war, und den Verlust etwaiger Freunde in Kauf nahm, um dem Weg zu folgen, der sich da so verlockend und verheißungsvoll auftat. So mehrte er also sein Wissen über Außerirdische, indem er die verschiedensten Berichte über Begegnungen las. Er wunderte sich über sich selbst. Er, der sich eigentlich als kritischer Mensch einstufte, nahm diese Begebenheiten als Tatsachen hin; keine Zweifel meldeten sich an über die Ausführungen der Schilderungen, die aus den verschiedensten Ländern kamen. "Bin ich

tatsächlich so leichtgläubig, daß ich mir solche Geschichten aufbinden lasse, oder ist in meinem Unterbewußtsein etwas gespeichert, das mit diesen Erlebnissen vereinbar ist?", fragte er sich. Diese Frage blieb noch einige Zeit offen.

Es war ein hochsommerlicher, warmer Sonntag, der zum Baden einlud. Martin verabredete sich mit ein paar Freunden an einem kleinen verträumten See, der auf der einen Seite durch einen Streifen Laubwald umrahmt wurde, und auf der anderen Uferseite wechselten sich Schilf und flache sandig-kiesige Stellen miteinander ab. In einer Einbuchtung, in der ein etwas schiefer Bootssteg aus halbierten Rundhölzern angebracht war, sonnten sich die jungen Leute und kühlten hin und wieder den erhitzten Körper im kühlenden Wasser ab. Ausgelassenheit wie auch träges Räkeln und Nichtstun wechselten sich ab und die Unbeschwertheit zog sich bis in den Abend hinein, den man in einem einfachen Gasthof in ländlicher Umgebung verbrachte. Unter den alten Kastanienbäumen ließen sie sich kalte Getränke servieren und aßen dazu frisches dunkles Brot und einheimischen Käse. Die riesige Platte war hübsch dekoriert mit Gemüsestückchen und appetitlichen Petersilie-Sträußchen. Begleitet von viel Geschwatz und Neckereien verschwanden die Speisen rasch, denn alle waren heißhungrig. Nachdem die Sonne untergegangen war und sich ein wunderschönes Abendrot am Horizont abzeichnete, wurde auch die kleine Gesellschaft ruhiger und genoß den Anblick dieses schönen Abends.

"Vogel müßte man sein", meinte eines der anwesenden Mädchen, "dann könnte ich jetzt hoch in die Lüfte steigen und die Sonne immer noch sehen. Und wenn ich sehr schnell fliegen würde, bliebe es immer Tag...". "Wenn wir die Möglichkeit hätten, uns in Lichtgeschwindigkeit fortzubewegen", sponn jemand anderes den Faden weiter, "so könnten wir gar zu anderen Welten aufbrechen." Die Phantasien begannen, in den Köpfen zu blühen, und sie malten sich so allerlei aus, was außerhalb der Erdatmosphäre anzutreffen sein könnte. Martin war glücklich, in dieser Clique über Dinge reden zu können, die ihn beschäftigten, ohne belächelt zu werden. Im Gegenteil, die Anwesenden beflügelten gegenseitig ihre Gedanken und gerieten gar ins Schwärmen. Die Leute, die da angeblich schon Raumfahrten gemacht haben sollen, waren meist einfache Menschen, also wäre doch eine gewisse Chance da, einmal selbst in solch eine Lage zu kommen. Nun wurden doch Bedenken geäußert von denjenigen, die sich auf Mutmaßungen von Wissenschaftlern stützten, die die Meinung vertraten, daß Außerirdische an der Eroberung unseres Planeten interessiert sein könnten. Entführungen unserer Spezies zu Untersuchungszwecken wären doch dann naheliegend und erklärbar. Auf diesem Stand der Diskussion trennten sich die Geister; die einen erklärten klipp und klar, sich nie dem Risiko von Kidnapping aussetzen zu wollen, zwei andere konnten sich nicht entscheiden, was sie tun würden, wenn, und die restlichen drei - darunter Martin - meinten ohne zu zögern, sie würden einer Einladung Folge leisten. Darauf folgten ein paar lustige Witze über Marsmännchen, und dann wurde es Zeit, sich auf den Heimweg zu machen.

Nachdem sich die jungen Leute in die drei Fahrzeuge verteilt hatten, konnte die Rückfahrt losgehen. Meistens wurde ein sportliches Tempo angeschlagen, doch heute schien es keinen der Chauffeure zu reizen, Schneid zu zeigen. Die ruhig daliegende Natur, in recht helles Mondlicht gehüllt, schien die jungen Gemüter zu beeinflussen, denn es wurde nur noch wenig gesprochen. Jeder schien zwischendurch seinen eigenen Gedanken nachzuhängen, hin und wieder Bruchstücke davon den anderen mitteilend. Daraus ergab sich dann ein Gespräch, das aber schon bald wieder eingeschlafen war. Niemand schien mehr große Lust zu haben, sich mitzuteilen. So fuhren sie dahin, schön hintereinander, in Sichtweite-Abstand. Sie mochten etwa 20 km vor ihrem Ziel sein, als sie auf ebener Strecke - linker Hand ein etwas lichter

Wald, rechts eine abgegraste eingezäunte Wiese - in Schwierigkeiten gerieten. Der vorderste Wagen begann zu stottern, als ginge der Brennstoff aus, doch die Benzinuhr wies auf einen noch viertelvollen Tank hin. Nach etwa 30 m setzte der Motor ganz aus. Was das Erstaunlichste war, ist, daß es den beiden anderen Fahrzeugen genau gleich erging. Verdutzt sahen sich die Insassen an und die fragenden Mienen verrieten, daß sich keiner einen Reim darauf machen konnte.

Eben wollten sie aussteigen und sich gegenseitig beraten, was zu tun sei, als sie ein leises Summen vernahmen, das vom Wald her kam. Baumwipfel begannen sich zu bewegen, obwohl es sonst windstill war. Aller Augen richteten sich alsdann auf eine immer heller werdende Stelle genau über diesen Bäumen. Ein angespanntes Gefühl bemächtigte sich der hier anwesenden Menschen, und es schien ihnen, als würden sich am ganzen Körper ihre Haare aufrichten. Die Luft schien eine ungemein elektrische Spannung aufzuweisen, wie man sie jeweils vor Gewitter wahrnehmen kann. Das Licht wechselte immer wieder seine Farbe, bis es dann endgültig auf einer Rottönung verblieb. Nun schauten alle gebannt auf einen großen, metallen aussehenden Gegenstand, der oval wirkte und dieses Licht zu verursachen schien, denn auch die Außenkonturen dieses Dinges glühten. Einen kurzen Moment verharrte es in Schwebestellung, wobei sich das Licht wiederum veränderte, dann schoß es in ungeheurer Geschwindigkeit in die Höhe, wobei es im Gehölz bedenklich knackte. Vom Fahrzeug selbst war nicht mehr zu hören als das bereits wahrgenommene Summen. In Kürze war es den betroffenen Blicken entschwunden und schien sich in Luft aufgelöst zu haben.

Wie erstarrt hockten sie noch eine Weile in ihren Autos, bis Martin die Tür öffnete und tief atmend ausstieg. Er hatte, wie auch seine Freunde, Mühe, die Gedanken zu ordnen und sich vom Anblick dieses Schauspiels zu erholen. Nach und nach fanden sich alle zusammen und schauten sich eine Weile stumm an. Es war allen klar, daß sie soeben einen historischen Augenblick erlebt hatten. Niemand hegte einen Zweifel über das Gesehene. Ein enges Band des Wissens schloß dieses Grüppchen Leute zu Verbündeten zusammen. Nachdem sie sich gegenseitig ihrer Erregung entledigt hatten, soweit dies überhaupt möglich war, entschlossen sie sich, zu versuchen, die Fahrt fortzusetzen. Es herrschten Zweifel darüber, ob die Motoren der Autos wieder in Gang zu bringen wären. Doch es zeigte sich, daß alles normal lief, als wäre dieser Zwischenfall nie gewesen. So setzten sich alle wieder auf ihre Plätze zurück - und diesmal fuhren sie noch langsamer...

Es mochten etwa drei Wochen vergangen sein nach diesem eindrücklichen Erlebnis, als Martin eine Begegnung hatte, die ihn nachdenklich stimmte. An diesem Tag ging er in "seine" Buchhandlung, um nach Literatur zu stöbern, die seinen Wissensdurst über UFO-Sichtungen sowie Begegnungen mit Extraterrestriern zu stillen vermochten. Er war erstaunt, wieviele Neuerscheinungen in Sachen außerirdischem Wissen - also auch Durchsagen über Medien von Menschen außerhalb - zu haben waren. Unschlüssig blätterte er bald in diesem, bald in jenem Buch, las hier und dort ein paar Abschnitte und informierte sich mittels der Klappentexte über ihren Inhalt. Ein paar der Angebote kannte er bereits, doch waren diese Bücher, die jetzt bei ihm zu Hause im Büchergestell standen, noch zu wenig erschöpfend. So stand also Martin vor den Regalen und ließ eben seine Fingerspitzen über die Bruchrücken gleiten, innerlich hoffend, ein Impuls würde ihn am richtigen Ort zugreifen lassen, als er jemanden hinter seinem Rücken stehen fühlte. Es war ihm etwas unangenehm, denn er hatte den starken Verdacht, beobachtet zu werden. Er griff wahllos nach dem nächsten Buch, um seine Hand ganz beiläufig wieder zurückziehen zu können. Die Person hinter ihm ging zwei, drei kleine Schritte weiter und stand nun dicht neben ihm. Verstohlen blickte Martin hin, konnte aber nur bis zu den Oberarmen die Gestalt erfassen. Es war ein Mann in sauberen weißen Sportschuhen, die Beine steckten in Jeans, wie das so üblich ist, und ein hellblauer baumwollener Pullover mit auffallender Musterung bedeckte den schlanken, aber doch kräftigen Oberkörper. Ein leiser Hauch herben Rasierwassers ging von ihm aus. Der Fremde langte ebenfalls in das Gestell und entnahm ihm einen schmalen Band, blätterte kurz darin und hielt ihn dann Martin hin mit der freundlichen Bemerkung: "Ich glaube, das wäre etwas für Sie." Nun konnte Martin ganz offen seinen Blick auf diesen Mann richten und war angenehm berührt von der Ausstrahlung dieses Gesichtes. Es war leicht gebräunt, die Augen dunkel, von langen Wimpern überschattet, die Zähne, die durch das Lächeln sichtbar wurden, ebenmäßig und schimmernd weiß. "So sollte man aussehen", durchfuhr es Martin. Das Lächeln des Fremden ging über in ein breites Grinsen und Martin fühlte sich in seinen Gedanken ertappt. Er hatte den Eindruck, leicht zu erröten, was ihn etwas unsicher werden ließ, doch der andere schien es nicht zu bemerken oder überspielte es zumindest gekonnt. Mit einer auffordernden Geste streckte er nochmals das Buch Martin entgegen. Dieser griff danach, um nicht unhöflich zu erscheinen, und bedankte sich für den Tip. Es brannte ihn auf der Zunge, zu fragen, wieso er so davon überzeugt sei, daß dies das Buch sei, das er suche, doch der Fremde war schon am weggehen, indem er bedeutungsvoll sagte: "Ich denke, wir sehen uns anderweitig wieder". Mit einem kurzen freundlichen Nicken verschwand er aus dem Laden. Martin blieb unschlüssig mit dem Buch in der Hand stehen, überflog nochmals die vor ihm stehenden Buchreihen, um dann kurzentschlossen an der Kasse den empfohlenen Schriftband zu bezahlen.

Das Buch erwies sich als genau passend, d. h., es bildete die nahtlose Fortsetzung zu Martins Bewußtseinsebene. Voller Interesse nahm er den geschilderten Inhalt auf, machte sich gar manche eigene Gedanken und Träume darüber, und Neugierde sowie Wissensdrang ließen in ihm den intensiven Wunsch nach eigener

Realität wach werden und keimen. Angst machten ihm seine Tagträume keine, obwohl er nicht von sich behaupten konnte, er wäre der Abenteurer-Typ. Er würde einsteigen, sollte er je das Glück haben, dazu aufgefordert zu werden, sich eine solche "Untertasse" anzusehen. Und wenn sie dann gar noch einen kleinen Ausflug mit ihm machen wollten, wäre auch das willkommen.

"Du bist doch ein Spinner", schalt er sich dann aber wieder selbst. "Was hast du denn schon zu bieten, was dir ein solches Privileg einräumen könnte? Nichts. Die paar Bücher, die du gelesen hast und die Deinen Glauben an außerirdisches Leben stärkten sowie die eindrückliche Sichtung damals am Waldrand sind doch kein Freibillet wert für eine Raumfahrt! Schlag dir diese Hirngespinste aus dem Kopf und bleib wieder etwas mehr auf dem Boden." Seine Träume aber waren wie Stehaufmännchen - nicht kleinzukriegen. So ließ er sich schlußendlich gewähren, denkend, damit ja niemandem zu schaden. Das Buch war bald gelesen und einem seiner Freunde zur Lektüre weitergegeben; zurück blieb ein Vakuum, das er meinte, aufgefüllt zu haben mit dem neuen Wissen. "Schon komisch, das ganze ist wie ein Faß ohne Boden - immer, wenn Du denkst, jetzt weiß ich Bescheid, tauchen wieder neue Fragen auf, auf die keine Antwort bereit liegt. Immer bleibe ich der Suchende", sinnierte Martin. "Es muß wohl so sein, damit ich bescheiden bleibe", schlußfolgerte er.

Knapp ein Monat war nach seinem Besuch in der Buchhandlung verstrichen, als er sich nach getaner Arbeit entschloß, in der Pergola eines nahegelegenen kleinen Italiener-Restaurants noch etwas trinken zu gehen, um seinen Kopf auszulüften, der vollgestopft war mit Computerdaten, hoffend, damit auch das leichte, unangenehme Kopfweh loszuwerden. Er setzte sich an ein kleines Randtischchen unter die vollbehangenen Reben, froh, den Ort nicht überlaufen angetroffen zu haben. Wohl waren an den meisten Tischen Gäste, doch alle schienen etwas ausgelaugt und verhielten sich daher eher ruhig. Martin genoß die ersten kühlen Schlucke seines Getränkes, streckte wohlig die Beine unter dem Tisch und versuchte, sich zu entspannen. Automatisch begann er, tief durchzuatmen, etwas, das er während der Arbeit immer vergaß. Wahrscheinlich war das Kopfweh wegen Unterversorgung mit Sauerstoff gekommen. Nun ja, das würde sich ja wohl bald zeigen, wenn dies der Grund gewesen sein sollte. Gedankenverloren ließ er seinen Blick zu den Anwesenden schweifen, um sich mit etwas zu beschäftigen. Einige bestellten bereits etwas zu essen, andere ertränkten ihren Alltagskram in Bierleutseligkeit und schwatzten über belanglose Dinge. Nur ein paar vereinzelte Frauen waren zu sehen und diese auch nur in Gesellschaft. "Immer noch typisch männlich, das Wirtschaftsleben nach Feierabend - jedenfalls in diesem Lokal, das fast ausschließlich von Ausländern besucht wird", stellte Martin fest.

Jetzt schaute er, wie von einem Magnet angezogen, in eine andere Richtung. Dort saß, ebenfalls an einem Zweiertischchen, ein Mann mit leicht gebräuntem Gesicht und dunklen Augen, die ihn unverwandt anblickten. Sie wirkten sehr lebendig und irgendwie zwingend - Martin vermochte jedenfalls nicht, seinen Blick von ihm abzuwenden. Etwas begann in seinem Kopf zu arbeiten... "Diese Augen, die kenne ich doch... Ja richtig, der Mann in der Buchhandlung", durchzuckte es ihn. "Das kann nur er sein..." Da glitt ein leises Lächeln über dessen Lippen, und Martin wußte, daß er mit seiner Annahme recht hatte. So nickte er ihm, ebenfalls lächelnd, zu. Der Fremde ergriff als erster das Wort und fragte, ob er das Buch fertig gelesen habe. Martin bestätigte dies und fügte bei, daß er es fast in einem Zuge durchgelesen habe, daß ihm aber ein paar offene Fragen geblieben seien. "Ah ja", meinte der andere und fragte: "Darf ich mich zu ihnen setzen?" "Aber gerne", antwortete Martin. Der Mann erhob sich, nahm Glas und Zeitung von seinem Tisch und kam herüber. Martin erhob sich, streckte ihm die Hand entgegen und stellte sich vor. "Clif, wenn's Ihnen recht ist, bei Vornamen zu bleiben", erwiderte sein Gegenüber. "Mir soll's recht sein", meinte Martin und deutete ihm an, sich doch hinzusetzen. Sie nahmen Platz und kamen auch gleich ohne Umschweife zum Thema.

Es stellte sich heraus, daß Clif eine Menge über dieses Thema zu wissen schien und alles andere als ein Greenhorn war. Etliche Ansichten, die Martin äußerte, wurden ihm von Clif bestätigt, offene Fragen kompetent beantwortet, wie ihm schien. Jedenfalls war in seinem Sprechen nie ein Zögern zu bemerken. Ein reger Gedankenaustausch fand statt, und beide kamen zu dem Punkt, wo sich auch der Magen zu Wort meldete. So beschlossen sie, sich eine Pizza und Salat zu bestellen. Beides wurde nach recht kurzer Zeit serviert, und der Duft der Kuchen verlockte die beiden, herzhaft zuzugreifen. Eine Weile blieb es still bis auf das Knacken des ofenfrischen Teiges, der sich dem Schnitt der Messer widersetzte. Genüßlich verschwand ein Bissen nach dem anderen im Mund der beiden, bis der größte Hunger gestillt war. Dann kam langsam auch wieder das Gespräch in Gang.

Martin erkundigte sich nach der Tätigkeit, die Clif ausübt. "Nun, eigentlich bin ich mehr auf Urlaub, als daß ich arbeite", erwiderte er vage und traf keine Anstalten, ausführlicher zu werden. Martin wollte nicht unhöflich erscheinen, wagte aber dennoch etwas nachzudoppeln, denn Clif begann ihn zu faszinieren. "Und wenn Du nicht auf Urlaub bist?", hob er behutsam an. "Ja, dann bin ich meist auf Reisen." "Ach so, du bist dann wohl Vertreter für eine Firma? Entschuldige, wenn ich so direkt bin, aber es interessiert mich nun mal, weil du mich interessierst." Erst nachdem letzteres gesagt war, wurde ihm bewußt, daß es mißverstanden werden könnte, und er beeilte sich, beizufügen: "Ich bin oft neugierig zu erfahren, was andere Menschen tun, denen ich begegne." Clif schien ihn schon richtig verstanden zu haben. "Hm, Vertreter dürfte nicht ganz das richtige Wort sein, aber es geht auch ein bißchen in diese Richtung. Ich vertrete mein Land ... auf anderen Planeten." Clif schaute offen und gespannt auf Martins Gesicht, um dessen Reaktion abzuwarten. Der runzelte vorerst die Stirn, setzte dann einen fragenden Blick auf und sagte: "Wie lautete dein letzter Satz?" "Ich vertrete mein Land auf anderen Planeten." Ungläubig schaute Martin auf Clif, der locker und etwas belustigt in seinem Stuhl lehnte, dann räusperte er sich und entgegnete: Du meinst wirklich...?" Stummes Nicken von Clif. Nun mußte sich Martin von seiner Spannung befreien und begann stockend zu lachen, um alsdann einzuwenden: "Das gibt's doch nicht - nicht mit mir! Was soll ich damit zu tun haben? Kannst Du mir das erklären?" "Kann ich und werde ich", versprach Clif, "doch das etwas später. Ich muß jetzt nämlich weiter. Halte dich in einem Monat bereit, o.k.?" Leicht entgeistert nickend schaute Martin auf Clif, der sich erhoben hatte, beiläufig eine Geldnote auf den Tisch legte und sich dann mit einem kräftigen Händedruck verabschiedete. Rasch war er seinen Augen entschwunden. Verdattert saß Martin noch eine Weile da und entschloß sich dann auch zum Gehen.

Die Zeit, die sonst in Windeseile zu verstreichen pflegte, wollte nun nicht mehr so eilends vergehen - jedenfalls kam es Martin so vor. Er erzählte niemandem von seiner Begegnung, weil er sich der Sache alles andere als sicher war. Wenn niemand davon wußte, gab es auch nichts zu rechtfertigen, sofern alles im Sande verlief. Sich selbst mäßigte er auch in den zeitweilig auftretenden euphorischen Gefühlen, denn enttäuscht zu werden, ist immer mehr oder weniger schmerzlich. Und das lag absolut im Bereich des Möglichen, wurde ihm doch bewußt, daß sie gar nichts Genaues abgemacht hatten. Gut, er könnte in dasselbe Restaurant gehen - das wäre das Nahe-liegendste; und die Uhrzeit würde wohl auch nicht so daneben sein. Aber was, wenn Clif nun aus irgendeinem Grund verhindert wäre? Wie würde er, Martin, davon erfahren? Sie hatten keine Adressen ausgetauscht. "Ach, keep it cool", versuchte er sich dann wieder einzureden. Wenn sie von einem Planeten zum anderen reisen können, wird solch eine kleine Mitteilung doch sicher kein Problem bieten.

So schlichen die Tage dahin, und je näher die vierte Woche kam und mit ihr der Tag der Abmachung, umso gespannter und unruhiger wurde Martin. Ob es wohl klappen würde? Zwei Nächte vor dem besagten Tag hatte er wiederum einen komischen Traum. Er war eingeschlossen in etwas, das sich wie ein Sarg ausnahm. Es war dunkel um ihn, doch fühlte er sich weder einsam noch beklemmt; vielmehr hatte er das Gefühl, er werde "auferstehen". Da öffnete sich tatsächlich der Deckel, und neugierige Gesichter schauten über den Rand in den Kasten hinein. Er verspürte den Drang aufzustehen und sich umzusehen. Das Sicherheben war nicht möglich. Wie ein Stück Metall an einem Magnet klebend lag er auf dem Rücken. Da erschien eine Hand über dem Sarg, die Finger spreizten sich, und dann fühlte Martin einen starken Zug im Körper, der sich so weit verstärkte, bis er sich vom Boden abzuheben begann und nach oben ins Licht schwebte. Es war ein erbauliches Gefühl, das leider nicht lange andauerte, da er erwachte. Sogleich begannen die Gedanken zu kreisen. Wollte diese Szene ihm etwas klarmachen? Würde alles nur ein Wunschtraum bleiben, weil der Traum so abrupt endete? Trotz der gemischten Gefühle, die er der Sache gegenüber auch schon hatte, machte sich doch ein Bedauern breit bei dem Gedanken, daß alles schon zu Ende sei, bevor es nur erst richtig begonnen hatte. "Geduld, Mann, Geduld; kommt Zeit, kommt Rat."

Und also kam die Zeit, der Tag der Verabredung. An diesem Arbeitstag - es war ein Freitag - war Martin für nicht mehr viel zu gebrauchen, und so suchte er nach Tätigkeiten, die so wenig Konzentration wie möglich forderten. Nervös schaute er immer wieder auf die große Wanduhr, bis ihn sein Arbeitskollege nekkend fragte: "Ist sie hübsch?" Fragend schaute ihn Martin an, bis er endlich begriff, was der andere damit meinte. "Wenn es das wäre, was Du meinst, müßte sie es sein", entgegnete er und beeilte sich, mit ein paar Unterlagen zu verschwinden, um weiteren neugierigen Fragen auszuweichen. Wie er dann, absichtlich, etwa drei Minuten nach Arbeitsschluß in sein Büro zurückkam, war der Bürotisch des Arbeitskollegen bereits fein säuberlich aufgeräumt und verlassen. Auf seinem eigenen Pult lag ein Zettel mit den Worten "Übertue Dich nicht - spare Deine Kräfte für nachher... Bye bye, bis Montag". "Jaja, schon gut; wenn Du nur wüßtest", brummelte er vor sich hin, versorgte die paar noch herumliegenden Notizen, angelte nach seiner Jacke und verließ den Raum. Er eilte die Treppe hinunter, um nicht wartend vor dem Lift stehen zu müssen, und trat alsbald ins Freie.

Asphaltheiße Luft schlug ihm entgegen, und aus allen Richtungen strömten Menschen irgenwelchen Zielen zu. Er überlegte kurz, ob er nun einfach aufs Geratewohl in das Italiener-Restaurant gehen solle, als ihm jemand auf die Schulter klopfte. Sich umdrehend schaute er direkt in Clifs fröhliches Gesicht. "Nicht schlecht gemacht", waren Martins erste Worte. "Wie wußtest Du, daß ich hier herauskommen würde?" "Für was hat man denn einen sechsten Sinn?", fragte Clif zurück. Beide lachten, schüttelten sich wie alte Bekannte die Hände, worauf Martin fragte: "Und jetzt?" "Und jetzt könnte ich erst einmal etwas Kühles zu trinken gebrauchen. Du auch?" "Keine schlechte Idee, Clif, hier um die Ecke ist ein nettes Lokal mit Terasse, wenn Du magst?" "Ja, o.k., gehen wir!" Es war reger Betrieb, und der Kellner hatte Mühe, noch zwei freie Plätze für sie zu finden. Aber dann klappte es doch noch, und bald waren auch ihre Getränke auf dem Tisch. Beide leerten fast die Hälfte ihres Glases in einem Zug, um sich dann entspannt zurückzulehnen. "Was hast Du in der Zwischenzeit so alles gemacht?", fragte Clif. "Ich habe mich vor lauter Neugierde auf heute fast verzehrt", gab Martin grinsend zur Antwort. "Dachte ich mir's doch. Und was hast Du Dir so ausgemalt in diesen Phantasien?" "Uff, alles Wilde... Weißt Du, ich habe mir nämlich vorgenommen, die Chance zu nutzen, da Du ja nun mal aus dem All zu kommen scheinst." Martin zögerte kurz, dann platzte er heraus: "Ich möchte zu gerne eine Raumfahrt erleben, um zu erfahren, ob all das, was ich bis jetzt gelesen habe, auch für mich so sein würde." Erwartungsvoll schaute er in Clifs Gesicht. Der blieb eine Weile stumm, dann meinte er: "Nun ja, Du hast es ja sehr eilig. Keine Bedenken, plötzlich nicht mehr zurückzukönnen?" "Nein - und wenn auch; scheinen nette Leute zu sein, die Raumbrüder und -schwestern. Wollte mich sowieso nach einer Freundin umsehen." Beide lachten herzlich, und ihre gegenseitig empfundene Sympathie festigte sich mit jeder Stunde, die sie gemeinsam verbrachten.

Es ging schon gegen elf Uhr nachts, als Clif sagte: "Ich möchte Dir gerne etwas zeigen. Kommst Du mit mir?" Sie verließen das Lokal in Richtung Parkhaus, wo Clif einen kleinen Wagen abgestellt hatte. Am Automat ließ er seine Karte abstempeln, steckte die angegebene Menge Münzen in den Schlitz und entnahm dann dem Apparat wiederum das Papier, das jetzt mit zusätzlichen Daten versehen war. Nun brauchten sie nur noch das Auto zu besteigen, zur Barriere zu fahren, die Karte in den dortigen Automaten zu stecken, so daß sich die Abschrankung hob, und los konnte es gehen...

Clif fuhr zügig durch den nächtlichen Vorortsverkehr in Richtung Supermarkt, der außerhalb des Wohnquartiers lag. Dort zweigte er dann ab und kam in ländliches Gebiet, wo nur noch vereinzelt Häusergruppen anzutreffen waren. Martin kannte diese Gegend kaum - er war schon eher der Stadtmensch, obwohl, kleine Ausflüge in die Natur waren ihm auch sehr willkommen, doch dann mußte immer irgendwie Wasser in der Nähe sein, ein Fluß, ein Seeufer. Hier hingegen verlief sich die Straße in einer immer öder werdenden Landschaft und begann, sich dann einem Hügel entlang in die Höhe zu winden. Hier gab es dichten Wald, der eine angenehm frische, saubere Luft spendete. Sie hatten die Scheiben heruntergekurbelt, so daß der kühle Wind sie umfangen konnte. Fast übermütig pfiff Clif vor sich hin, und Martin wurde von dieser Stimmung ebenso ergriffen, so daß er versuchte, intuitiv eine zweite Stimme zu der ihm nicht bekannten Melodie zu kreieren. Da er musikalisch nicht unbegabt war - er spielte selbst so für den Hausgebrauch Saxophon - ließ es sich hören. Und wie er gar am Schluß noch eine Kadenz anhängte, blinkte Clif vor Begeisterung mit den Scheinwerfern. Vergnügt fuhren sie dahin, immer noch hügelaufwärts. Der Wald begann jetzt, lichter zu werden, bis er schlußendlich ganz aufhörte. Ringsum waren nur Weiden zu erblicken, auf denen im schwachen Nachtlicht ein paar vereinzelte große Steine zu sehen waren. Clif verlangsamte, um dann nach etwa 100 m rechts in einen Feldweg abzubiegen. Der Wagen holperte über die Unebenheiten hinweg, und des öfteren hörten sie die Grasbüschel des Mittelstreifens den Fahrzeugboden streifen. "Wo, zum Kuckuck, bringst Du mich denn hin?" wollte nun Martin wissen. "Wirst gleich sehen", gab Clif zur Antwort. Etwas weiter vorne tauchte eine Hütte auf, die sich dann als Stall entpuppte, als sie davor anhielten.

"Endstation - alles aussteigen", rief Clif. Erstaunt stieg Martin aus und meinte dann in gespielt mürrischem Ton: "Und das soll ein Fünfsternehotel sein?" "Nun ja, ehm, an der Türe wirst du sie nicht finden - aber vielleicht blinkt dafür einer am Himmel", entgegnete Clif mit einer entschuldigenden Geste. "Komm, ich suche Dir dafür einen Stern am Nachthimmel." Er kramte eine Taschenlampe aus dem Kofferraum und forderte Martin auf, ihm zu folgen. Da der Weg bei dieser Hütte endete, gingen sie nun zu Fuß einen kleinen Pfad entlang, der zu einer Baumgruppe hinüberlief, um dann dort in eine Landschaftsmulde hinunterzuführen. Bei den Bäumen angelangt, stand Clif still und begann, den Himmel abzusuchen. Nach einer Weile sagte er: "Nun habe ich den Stern für Dich gefunden." Er deutete in die Ferne, wo Martin dann ein helles Licht sah, das deutlich größer war als die sonstigen Sterne am Firmament und das sich auch langsam bewegte, wieder stillstand, um sich dann in eine andere Richtung fortzubewegen. "Hey, Clif, das, was ich da sehe, ist es das, was ich meine zu sehen?" "Es ist nicht das, was Du meinst zu sehen - es ist es tatsächlich." "Wow", entfuhr es Martin gedehnt und sich verlierend... Gebannt hängte sich sein Blick an dieses Licht, das nun gar noch in verschiedenen Farben zu blinken anfing, um sich dann pfeilschnell auf sie hin zu nähern. Martin war erschrocken, als dieses helleuchtende Ding hoch über ihren Köpfen schwebte und dann leise summend sich abzusenken begann. Fragend schaute er auf Clif, der freudestrahlend dastand. "Werden sie landen wollen?" fragte er unsicher. Clif nickte und wollte wissen: "Angst?" "Nun, ich habe so etwas noch nie erlebt", entgegnete er zögernd, selbst nicht wissend, ob er sich jetzt ängstigen solle oder sich einer freudigen Erregung hingeben. Das zweite gewann die Oberhand, und er harrte der Dinge, die da nun kommen würden.

Martin kam aus dem Staunen nicht heraus. Dieses summende Etwas hatte sich sehr rasch der Erdoberfläche genähert und dabei auch seine Farbe geändert. Aus dem zuerst orangen Farbton ging es über in ein warmes Gelbgrün, um dann in ein metallen gleißendes Blau zu wechseln, welches immer blasser wurde, je näher es dem Erdboden kam, respektive je mehr die Geschwindigkeit sich verringerte. Schlußendlich setzte das Ding ganz sachte auf, indem drei Stützen sich aus dem ovalen Rumpf herausschoben und die Unebenheit des Bodens ausglichen. Das Summen verstummte, und von der Oberfläche der metallen wirkenden Fahrzeughülle ging ein fahles Licht aus, das aber aus keiner bestimmten Quelle zu kommen schien. Es mußte das Material selbst sein, das diese Energie in sich barg.

Martin fuhr zusammen, als jählings ein Lichtkegel auf sie fiel. Er schaute unsicher zu Clif hin, doch dieser war alles andere als erschrocken. Freudig riß er seine Arme in die Höhe und schwenkte sie über Kreuz, wie ein Fluglotse dies tun würde. Freude stand unverkennbar in seinem Gesicht, und über seine Lippen kam das Wort "Adonai". Beruhigt schaute nun auch Martin wieder in Richtung Raumschiff. Aus dem Rumpf löste sich eben eine vorher unsichtbare Platte in der Größe einer Türöffnung. Es dauerte nicht lange, da wurde eine Gestalt sichtbar, die sich anschickte, eine ebenfalls ausgefahrene Treppe hinabzusteigen. Bald folgten zwei weitere nach, und alle setzten sich in Martins Richtung in Bewegung. "Komm", hörte Martin Clifs Stimme sagen, und schon ging dieser auf die fremden Besucher zu. Schon bald sah Martin, daß diese sich so fremd nicht sein konnten, denn es folgte eine herzliche, warme Begrüßung, in die dann auch er mit einbezogen wurde. Die Augen der Piloten - es waren zwei Männer und eine Frau - verbreiteten Wärme und Wohlbehagen, welche in Martin Zuneigung und Vertrauen auslösten. Sie nannten ihn beim Namen, ohne daß er ihnen speziell vorgestellt worden wäre. Sie schienen sein Erstaunen darob aufgefangen zu haben, denn der eine der Männer erklärte, Clif habe ihn bereits angekündigt noch vor ihrem Kommen. "Ach so", sagte Martin gedehnt, "und wie denn das?" fügte er neugierig bei. "Nun, wir bedienen uns des einfachsten Kommunikationsmittels, das es gibt, der Telepathie. Es ist die Sprache des Alls, die jeder höherentwickelte Mensch automatisch beherrscht und versteht. Da sich diese mittels Schwingungen von einem Punkt zum anderen hin bewegt - wie Radiowellen ungefähr - werden nicht einzelne Worte transferiert, sondern nur die Schwingung ihrer Bedeutung. So ist es auch zu erklären, daß es keine Verständigungsschwierigkeiten gibt zwischen verschiedenen Sprachen." Wieder kam ein "Ach so" und "ja natürlich" über Martins Lippen, diesmal erstaunt verstehend. Ein aufsteigendes "Aber" bliebt im Hals stecken, weil Clif sich einschaltete und fragte: "Möchtest Du einen Blick in das Innere des Raumschiffes tun?" "Aber sicher möchte ich das!" kam die Antwort wie aus der Kanone geschossen. Die drei Raummenschen lachten herzlich über den Enthusiasmus und die Spontaneität, die nicht so voraussetzbar zu sein schien.

Sie drehten sich um und schritten in ihren enganliegenden glänzenden Raumanzügen, in denen auch keine "Einstiegsmöglichkeit" auszumachen war, mit leichten Schritten voraus. Bei der Treppe angekommen, stieg die Frau als erste hinauf und die beiden Männer standen Spalier, wie es Martin vorkam. Clif begab sich nun ebenfalls die Treppe hinauf, dicht gefolgt von Martin, der, etwas angespannt durch das ungewisse Erwarten, etwas steif wirkte. Bei der Eingangsluke mußten sich alle leicht beugen, doch im Innern war ein bequemes Stehen möglich. Gedämpftes Licht herrschte, das sich dann aber beim Betreten des Innenraumes aufhellte, so daß man das Gefühl hatte, es wäre Tageslicht. Zwei weitere Frauen traten auf sie zu und begrüßen die beiden Besucher mit einem warmen Lächeln im Gesicht. Sie wurden den "Erdlingen" als die eigentlichen Pilotinnen dieses Raumschiffes vorgestellt. Ihr Aussehen unterschied sich nur unwesentlich von den Frauen der Erde. Ihre Stirnen, wie auch die der übrigen Besatzung, waren hoch und von den Augen ging etwas positiv Zwingendes aus, d.h. ihrem Blick war schlecht auszuweichen, weil er so offen und direkt in die Augen der Besucher fiel. Ein angenehmes Prickeln durchlief Martin, wobei ihm selbst nicht klar war, ob es diese Augen auslösten oder die gesteigerte Erwartung des nun Bevorstehenden.

Mit einer einladenden Handbewegung wurde Martin zu einem der Pilotensitze gebeten. Nur wenige Geräte ließen sich erblicken, was ihn umso mehr erstaunte, als daß diese Raumkapsel den unsrigen Flugzeugen doch um ein Vielfaches überlegen ist. Die dahinterliegende Wand war mit Bildschirmen bestückt, auf denen Linien sowie ihm fremde Zeichen sichtbar waren. Schon alleine das Farbenspiel war ein faszinierender Anblick. "All diese Geräte dienen uns zur Überwachung verschiedenster Dinge, wie der elektromagnetischen Felder der näheren Umgebung, der Luftbeschaffenheit, das Schwingungsmuster der betreffenden Erdbewohner, die wir gerade beobachten, oder zur Bestimmung der Außentemperaturen in den verschiedenen Luftschichten und eventuellen Landegebieten. Noch vieles andere läßt sich mittels dieser Apparaturen feststellen, doch es würde die Zeit, die uns zur Verfügung steht, überschreiten, wollten wir Dir alles näher zeigen und erklären. Schaue Dich um und gewinne einen ersten Einblick in unsere Welt, die sich der Begrenztheit, in der Ihr noch lebt, entledigt hat. Dieses Raumschiff ist mit seinen ca. 15 m Durchmesser eines unserer kleinsten Modelle und dient nur für Erkundungsflüge. Normalerweise wird es von drei Besatzungsleuten gesteuert, doch sind wir dieses mal zwei Personen mehr, weil wir Erd- und Pflanzenproben zu beschaffen haben, die uns für weitere Studien in unseren Laboratorien dienen sollen. Zu diesem Zweck sind wir jetzt auch gelandet."

Martin sah sich um und stellte fest, daß zwei Besatzungsmitglieder fehlten. Clif machte es sich in einem der Sessel, die rundum angeordnet waren, bequem und beobachtete Martins Reaktionen. Dieser schaute wissensdurstig bald hierhin, bald dorthin. Die Säule in der Mitte des Raumschiffes interessierte ihn ganz besonders, und er erfuhr, daß sie das Antriebssystem birgt. Alles Notwendige hatte auf kleinstem Raum Platz, und trotz der beschränkten Größe dieses Erkundungsschiffes war es dennoch bequem und komfortabel ausgestattet. Schlafkabinen befanden sich eingelassen in den Seitenwänden, waren schließbar und verfügten über eigene Klimaanlagen, die individuell gesteuert werden können, je nach Bedarf des Benutzers. Es gab auch eine kleine Kücheneinheit, der alles für die Dauer des Fluges Nötige eßbereit entnommen werden konnte. Wasser wurde laufend aufbereitet. Dazu gab es eine spezielle Einrichtung, die der Atmosphäre dieses Naß zu entziehen und zu sammeln vermochte. Alles schien machbar, alles war optimal gelöst und durchdacht. Martin kam aus dem Staunen nicht heraus. Zum Abschluß wurde ihm auf einem Bildschirm ein Ausschnitt des Sonnensystems der Erde gezeigt, wobei die Planeten Jupiter und Mars in starker Vergrößerung erschien. Gebannt sah sich Martin diese Bilder an, die zusätzlich noch mit einem Tonspektrum versehen waren, was seine Eindrücke noch vertiefte.

"Und wo kommt Ihr her?" wollte er wissen. "Der Mars ist unsere Heimt, doch sie ist für eure physischen Augen nicht sichtbar, da wir einer anderen Schwingungsebene angehören, die wir allerdings verlassen können, wie Du siehst." "Eigentlich habe ich mir die Marsmenschen als kleine grüne Männchen vorgestellt", erwiderte Martin grinsend. "Auch die gibt es", bekam er zur Antwort. "Auch der Mars beherbergt verschiedene Völker, wenn Du so willst, und die unterscheiden sich mehr voneinander, als Erdenvölker das tun. Es sind jedoch diejenigen, die Euch am ähnlichsten sind, die Kontakte zu knüpfen suchen mit Menschen der Erde. Das dürfte wohl auch verständlich sein - aufsehenerregende Wesen hätten wohl kaum die Chance, eine für sie ungefährliche Begegnung herbeizuführen, nicht wahr, müssen doch selbst wir vorsichtig sein und unsere Kontaktpersonen zuerst längere Zeit beobachten, bevor wir uns ihnen annähern in der Gewißheit, willkommen zu sein. Wir kennen Dich schon seit gut einem Jahr und haben Dein spirituelles Wachstum mit Genugtuung wahrgenommen. Du hast nun einen Reifegrad erreicht, der es uns erlaubt, Dich für unsere Sache zu gewinnen. Es ist unser Plan, Dich als Zeuge und Wegbereiter zu gewinnen, der unser Vorhandensein in nächster Erdnähe als Wissen verbreitet. Wir brauchen Menschen, viele Menschen, die uns als Freunde begegnen. Nur so kann Euch noch Hilfe zuteil werden in dieser schweren Zeit, die Euch technisch überfordert, seelisch zermürbt und geistig in den Abgrund zu ziehen droht. Wir haben uns zur Aufgabe gemacht, Euch beizustehen, wann und wo immer Ihr es erlaubt. Wir betrachten Euch als unsere Brüder und Schwestern, und wir möchten, daß Ihr uns als das erkennt."

Diese letzten Worte kamen nachdenklich und doch eindringlich zugleich über die Lippen dieser außerirdischen Frau. Es war zu spüren, wie schwierig dieser Wunsch in die Tat umzusetzen war, wie abschirmend sich die Erdbewohner zeigten und auch wie heimtückisch ihr Ansinnen mitunter sein konnte. Martin senkte beschämt seine Augen. Traurigkeit befiel ihn beim Gedanken, daß diese Liebe und Hilfsbereitschaft so abgelehnt und gar bekämpft wird. Er schwor sich, wenigstens seinen Teil dazu beizutragen, diese Situation zu verbessern. "Dies ist auch der Grund, warum wir Dich auserwählt haben, mit uns zusammenzuarbeiten", hörte er die Frau sagen. Offensichtlich hatte sie seine Gedanken aufgefangen. Ihre Augen begegneten sich und drückten Einverständnis aus.

"So, nun wird es Zeit, daß wir uns wieder trennen. Unsere heutige Mission ist beendet, und es bleibt uns noch viel zu tun." Verschiedenste Pflanzen wurden in eigens dafür mitgebrachten Behältern versorgt, und die beiden Wissenschaftler reinigten sorgfältig ihre verschmutzten Schuhe. Alsdann wurden Clif und Martin wieder hinausbegleitet und herzlich verabschiedet. Mit einem Augenzwinkern sagte der eine Pilot vielsagend: "Auf Wiedersehen!"
Clif und Martin standen in etwa 50 m Entfernung vom Raumschiff still und verharrten regungslos zuschauend. Die runde Scheibe - von der Bodenperspektive her gesehen ein Oval - war bereits verschlossen und Lichtkegel tasteten über den Boden dahin, bis beide von ihrem Schein erfaßt wurden. Mit kurzen Blinksignalen wurde ein letztes Adieu übermittelt, dann setzte das typische Summen ein, die Farbe des Fahrzeuges wechselte hin zu einem intensiven Rot, indem es sich sehr rasch vom Boden abhob und mit einer kühnen Wende sich den beiden Augenpaaren entzog, um

sich danach nochmals in ihr Blickfeld zu begeben, allerdings in bereits beträchtlicher Höhe. Nur das Blinkzeichen verriet sie für einen kurzen Moment, dann war nichts mehr zu sehen.

Martin rieb sich den Nacken, der von der ungewöhnlichen Haltung her ein wenig schmerzte. Clif wirkte etwas melancholisch, doch fand er sich bald wieder zurecht mit der Realität, in die er jetzt noch gestellt war. "Wollen wir?" fragte er zu Martin hinüber. Dieser nickte nur, und so setzten sie sich beide in Bewegung, um zu ihrem Ausgangspunkt zurückzukehren. Keinem von beiden war es ums Reden; ihre Gedanken kreisten um das eben Erlebte, jeder verarbeitete es auf seine Art. Obwohl Clif schon längere Zeit auf der Erde weilte, ließ jede Begegnung mit "seinen Leuten" eine leise Wehmut und einen Hauch von Heimweh aufkommen, was es wieder zu beseitigen galt, da seine Mission so unbelastet wie nur möglich abzulaufen hatte. Die Energie durfte nicht geschwächt werden durch persönliche Belange. So bediente er sich einer speziellen geistigen Übung, um wieder voll in seiner Mitte zu ruhen, aktiv und unbelastet. Martin hingegen ließ sich treiben in seinen Gefühlen und Eindrücken. Er schien die Situation gar auszukosten. Gedankenverloren trottete er hinter Clif her bis zum abgestellten Wagen.

Unterwegs wurden nur wenige Worte gewechselt, und Clif spürte, daß er seinem Begleiter Zeit lassen mußte, um all dies erst einmal zu verarbeiten und in diesem erdverbundenen Menschenleben einzuordnen. Er chauffierte ihn bis vor seine Haustüre, und Martin wunderte sich nicht darüber, wie jener wissen konnte, wo dies ist, ohne je gefragt zu haben. Es gibt nichts, das es nicht gibt, resümierte er für sich. Mit einem festen Händedruck verabschiedeten sie sich, und Martin wußte, daß es nicht nötig war, eine feste Verabredung zu treffen - das würde sich ganz von selbst ergeben. Irgendwie benommen legte er sich alsdann zu Bett und fiel wider Erwarten sogleich in tiefen Schlaf. An die Träume konnte er sich anderntags nicht mehr erinnern.

Martins Leben hatte eine neue Dimension hinzugewonnen, und er erledigte seine Arbeit wohl gewissenhaft, doch nahm er sich nicht mehr so ernst. Das wahre Leben ist etwas anderes; davon war er jetzt überzeugt. Seinen engsten Freunden - diejenigen, die mit ihm zusammen das Ufo-Erlebnis hatten - gab er auf ihre Fragen hin, warum er so still geworden sei, nur ausweichende Antworten. Er war noch zuwenig gefestigt, um ruhig und abgeklärt über das jüngste Erlebnis sprechen zu können. Das Geheimnis sollte noch eine Weile Geheimnis bleiben. Er traf sich seltener mit seinen Freunden und setzte die Zeit lieber dafür ein, Informationen einzuholen über Experimente und Erfahrungen mit Telepathie. Es gab bereits einige Literatur darüber und er begann sich zu fragen, welche Möglichkeit ihm selbst offenstünde, um sich in dieser Disziplin auszubilden. Daß es ein Muß war, war für ihn fraglos. "Besser als jede Fremdsprache, die Du Dir erarbeitest", versicherte ihm seine innere Stimme. Sein Suchen begann, und so fand er denn in seiner Buchhandlung auch, wonach er suchte. Wie zufällig griff seine Hand nach einem unauffälligen Buch im Regal, und erst nach dem Lesen des Klappentextes ahnte er, daß dies der Anfang sein könnte. Und so war es auch.

Voller Eifer nahm er die empohlenen Übungen auf und befleißigte sich einer täglichen Disziplin, deren er sonst nicht so fähig war. Er geriet über sich selbst ins Staunen und fragte sich: "Bin das noch ich, oder steckt da jemand anderer dahinter?" Die Frage blieb offen, und es war ihm eigentlich auch egal. Nach den ersten Wochen scheinbar erfolglosen Übens mußte er sich zuzureden beginnen, um nicht zu erlahmen. "Ich gehöre wohl nicht zu den Schnellzündern", versuchte er sich zu trösten und machte weiter.

Die Zeit schritt voran, und die unwirtliche Jahreszeit hatte Einzug gehalten. Martins Sorge, ob sich Clif nochmals melden würde, verflog auf einen Schlag, als er ihn an einem Freitagabend vor dem Geschäft wartend vorfand. Eine zügige Nordbrise wehte, der

Himmel war klar und dunkel, als die beiden in Clifs Wagen aus der Stadt hinausfuhren. Es war eine andere Route als beim ersten Mal. Es herrschte Hochstimmung zwischen ihnen; das Abenteuer war förmlich zu riechen. Clif begann übermütig zu pfeifen, und Martin ließ sich noch so gerne zum Mittun verleiten. Immer schneller und wilder wurde ihr Trillern, bis sie japsend innehielten und stattdessen in lautes Gelächter ausbrachen. Galant kurvte Clif auf eine Überlandstraße ein und gab dabei ein paar freudige Huptöne von sich. "Willst Du mir nicht verraten, wo es heute hingeht?" fragte Martin interessiert. "Oh, habe ich Dir das noch nicht gesagt? Heute kannst Du dem Mann im Mond die Hand schütteln" entgegnete Clif schelmisch. Mißtrauisch musterte ihn Martin und wurde nicht schlau daraus, wie ernst diese Äußerung zu nehmen war. So entgegenete er nur: "Ich lasse mich überraschen." "Gut getan, Kumpel", kam die fröhliche Antwort.

Nach ungefähr einer Stunde Fahrt, die in die Hochebene führte, bog Clif in immer kleinere Straßen ab, die in eine immer größer werdende Einsamkeit führten. Bei einer Kiesgrube war Endstation. Dieser Ort schien schon seit längerer Zeit stillgelegt zu sein, denn junge Sträucher und Bäumchen sprossen überall aus dem zerfurchten Boden hervor. In einer Vertiefung hatte sich Wasser angesammelt, das sich unter den Windstößen leicht kräuselte. Ein paar wenige laublose Bäume säumten den Rand des Geländes. Der Himmel war sternenklar und die frische Luft rötete bald einmal die Wangen der beiden. Gut, sie hatten ihre Windjacken dabei, um ihre Körper vor der zügigen Kälte zu schützen. Sie setzten sich nach einiger Zeit des Wartens in den Wagen zurück, um es bequemer zu haben.

Clif eröffnete feierlich: "Heute wirst Du Deine Jungfernfahrt machen!" Fragend schaute Martin zu ihm hinüber, den Ernst der Aussage noch nicht erfassend. "Wie willst Du mich denn zur Jungfrau machen, mein Lieber?" fragte er scherzhaft zurück. "Ei, ei, ich bin ein Magier - und mir ist nichts unmöglich", erwiderte er gewichtig. Mit dem Zeigefinger wies er hinaus in den Himmel und sagte: "Hiermit beginnt der Zauber." Angestrengt äugte Martin in die angegebene Richtung, konnte aber nichts Außergewöhnliches ausmachen. Lauter Sterne, größere und kleinere, funkelten am nächtlichen Himmel. Doch dann schien ihm, als ob sich eines der Lichter am Sternenzelt bewegt hätte - tatsächlich, in einer leichten Zickzack-Linie näherte sich ein heller Punkt in rasender Geschwindigkeit, wie ihm schien, denn das Licht nahm bald die doppelte Größe an und strahlte intensiv. Es mochten kaum zehn Minuten verstrichen sein, da zeigte sich über ihren Köpfen eine runde Scheibe, ringsum von grellem Licht umgeben, das aber erstaunlicherweise nicht blendete. Ein zweimaliges kurzes Aufblitzen des Scheinwerfers bekundete, daß man sie wahrgenommen hatte.

Das bekannte leise Sirren ließ sich vernehmen, und sanft setzte das Raumschiff auf dem Boden auf. Alsbald öffnete sich eine Luke, und zwei Gestalten kamen eine Treppe hinab und schritten auf die beiden Wartenden zu. Freudig ging Clif ihnen entgegen, Martin im Schlepptau. Die Begrüßung fiel herzlich aus, und Martin erkannte die Männer der letzten Begegnung wieder. Wie ein alter Bekannter war auch er sogleich in die Runde aufgenommen. Ohne viel Gerede wurde gleich kehrtgemacht, und einer nach dem anderen begab sich ins Innere des Flugobjektes. Die Türe schloß sich lautlos, nachdem die Treppe eingezogen war, und Martin konnte keine Ritzen sehen, wo die Öffnung sein mußte. "Wie ist das nur möglich", staunte er für sich. "Durch optimale Anpassung der einzelnen Flächen", gab der dritte der Raumpiloten, den er bis jetzt gar nicht wahrgenommen hatte, ihm zur Antwort. Mit ausgestreckter Hand kam er auf Martin zu, begrüßte ihn freundschaftlich und zog ihn zu der Stelle hin, wo die Öffnung sich geschlossen hatte. Er forderte ihn auf, mit seiner Hand an der Wand entlangzufahren. Martin tat es und konnte nur mit großer Mühe eine leichte Erhebung erfühlen. Die Augen vermochten nichts Derartiges zu erkennen. "Donnerwetter!" entschlüpfte es Martin. Kevin - so hatte sich der Mann vorgestellt - hatte ein breites Lachen auf dem Gesicht, als er zu einem der Sessel vor einem Schaltpult zurückging. Er forderte alle auf, sich in die anderen Sitzgelegenheiten zu setzen.

"Wir werden jetzt zusammen einen kleinen Ausflug machen", kündete er an. Isma und Deril, wie sich die beiden anderen nannten, setzten sich vor Bildschirme und beobachteten aufmerksam die verschiedenen Linien und Zeichen. Clif und Martin hatten auf der gegenüberliegenden Seite Platz genommen. Die Sitze waren äußerst komfortabel und schienen sich dem Körper völlig anzupassen. Das Material war von einer Weichheit und dennoch von einer Formstabilität, wie Martin dies noch nicht kannte. Automatisch suchte er nach den Gurten, um sich anzuschnallen, doch fand er keine. "Das ist hier nicht nötig", sagte Clif, der ihn beobachtet hatte. Vor Martins Augen öffnete sich die Wand ein Stück weit, und er erblickte die vielen Lichter der Stadt bereits unter sich. Fassungslos starrte er in die Tiefe. Das verschlug ihm nun doch die Sprache. Keine Wahrnehmung vom Start, kein In-die-Polster-gedrück-werden von der Beschleunigung, die groß sein mußte! "Ich träume wohl", murmelte er vor sich hin. Ungläubig sah er die Lichter winzig klein werden, dann schien sich das Raumschiff zu drehen, denn Sterne sah er von rechts nach links über die Scheibe flitzen. Die Bewegung an sich wurde vom Körper nicht aufgezeichnet. Große Fragezeichen mußten jetzt in der Luft hängen, denn Deril ergriff das Wort und erklärte ihm, daß jedes Raumschiff mit einer eigenen Atmosphäre umgeben sei, wie die Erde, aber nur in einem viel kleineren Maßstab. Dies erlaube auch das Reisen mit enorm hohen Geschwindigkeiten, denn diese Hülle verhindert jegliche Reibung. "Und so, wie Du die schnelle Drehung der Erde nicht bemerken kannst, so ist es auch in dieser Kapsel, wenn sie sich durch's All bewegt. Hier haben wir es mit einer nur kleinen Flugscheibe zu tun. Unsere Mutterschiffe können die Größe eines kleinen Planeten haben, und Du findest in ihnen alles, was es zum Leben braucht. Alles ist der Natur nachempfunden und daher im Einklang mit dem Plan Gottes. Unsere Antriebsenergie ist kosmische Energie, ist göttlich und daher unerschöpflich und rein. Schau her, was wir Dir heute zum Geschenk machen möchten", sagte er unvermittelt.

Martin schaute hinaus und staunte nicht wenig, als er den Mond erkannte, der langsam ins Blickfeld rückte. Er stellte fest, daß das, was er von Weltraumaufnahmen her kannte, sich jetzt vor ihm ausbreitete, immer deutlicher wurde und auch größer. "Du heiliger Strohsack!" Er mußte seiner Überraschung Luft machen und reihte noch weitere seiner "Kraftausdrücke" an. Ganz benommen wurde ihm, und ein erhabenes Gefühl bemächtigte sich seiner, als sie eine Weile im Raum still verharrten. Deutlich konnte er Erhebungen und weite Sandwüsten erkennen, doch so sehr er sich anstrengte, von der amerikanischen Flagge war nichts zu erhaschen - die Distanz war doch noch zu groß, und auch der Sichtausschnitt mochte nicht stimmen. "Zu schade", dachte er für sich. Und schon setzte das Schiff seine Reise fort wie unter Wasser gleitend.

Die Nähe zu der Mondoberfläche schien verringert worden zu sein, denn er konnte nun Täler und Schluchten erkennen. Und hier, was war denn das? Das sah ja aus wie ein Gebäude! "Mich laust der Affe!" stieß er gepreßt hervor. "Jawohl", kam schon der Kommentar von Deril, "das ist ein Stützpunkt der Venusier. Sie haben hier eine Landebasis errichtet und betreiben auch ein Forschungslabor. Das meiste ist im Planeteninnern eingerichtet; hier siehst Du nur die ältesten Bauten, die Ursprünge der Ansiedlung. Die Raumschiffe sind im Innern des Berges stationiert." "Hat man Worte?!" Martin war tatsächlich sprachlos ob dieser Neuigkeit. "Die Basen der Venusier wie auch anderer raumfahrender Völker dienen der Wissenschaft und werden ausschließlich für friedliche Zwecke genutzt. Kriegerisches und unterdrükkerisches Denken haben diese Zivilisationen, zu denen auch wir gehören, überwunden. Unser Auftrag ist es, helfend und aufbauend zur Stelle zu sein, wann und wo immer wir angerufen werden." Der Standort wurde nun wiederum verlagert, so daß ein anderer Ausschnitt der Mondoberfläche sichtbar wurde. Nachdem Martin dieses Bild eine Zeitlang in sich aufgenommen hatte, bat ihn Deril zu einem der Bildschirme, auf dem er denselben Ausschnitt nochmals erblickte. Auf einen Knopf drückend, vergrößerte er das dargebotene Landschaftsbild immer mehr, bis Martin laut schrie: "Das glaubt mir keiner - nicht einmal ich... Kneif' mich in den Arm, Clif!" Der tat es kräftig, so daß Martin wußte, daß es eine Life-Übertragung war. Starr blickten seine Augen nach vorne, ohne ein jegliches weiteres Wort. Hin und wieder zwinkerte er mit den Augen, als wäre damit etwas nicht in Ordnung. Ein langes geräuschvolles Ausatmen zeigte an, daß seine innere Spannung nachließ, nachdem er wohl einige Minuten so dagestanden hatte. "Du lieber Mann", sagte er gedehnt und schaute von einem zum anderen. Alle lächelten ihm verstehend zu.

Nach einer Weile sagte Isma in die Stille hinein: "Nun wird es Zeit, zurückzukehren". Alle setzten sich wieder, und Martin schaute verloren durch die Scheibe, an der immer wieder Lichtpunkte sichtbar wurden, die aus dem herrschenden Dunkel auftauchten. Sie waren bereits wieder längere Zeit unterwegs, als Deril zu ihm trat und leichthin fragte: "Nun, wie findest Du das?" "Schlicht umwerfend", gab Martin zur Antwort. "Würdest Du nochmals eine Reise mitmachen wollen?" "Ich denke schon, obwohl ich im Moment noch etwas durcheinander bin. Aber... ein Mal ist kein Mal", hängte er lachend an. Deril klopfte ihm leicht auf die Schulter und äußerte eine befriedigendes "Na fein". Der Morgen dämmerte bereits herauf, als die beiden Weltenbummler wieder auf Land gesetzt wurden.

Der Winter strich vorüber ohne jeglichen weiteren Kontakt. Martin ging seiner Arbeit nach wie eh und je und bemühte sich, nicht ungeduldig zu sein oder in Enttäuschung zu fallen. Um dieser seiner neuen Welt näher zu bleiben, befleißigte er sich, seine Schulung in Telepathie voranzutreiben. Doch auch hier wurde Geduld abverlangt. Erst nach wochenlangem fast täglichem Üben gewann er den Eindruck, es beginne sich etwas zu regen in seinem Kopf. Manchmal wurde ihm heiß oder kalt, währenddem es in den Ohren leise pfiff oder summte, dann wieder ein Geräusch, als wenn sich die verstopfte Nase von selbst öffnet. In seltenen Fällen war auch ein vorübergehender leichter Kopfschmerz da, der sich immer spontan wieder auflöste. Oft hatte er das Gefühl, nicht alleine zu sein, obwohl keine anderen Anzeichen hätten darauf schließen lassen.

Er lebte jetzt sehr zurückgezogen, vergrub sich lieber hinter seinen Büchern, als daß er sich weltlichen Vergnügungen hingegeben hätte. Sein Bewußtsein weitete sich unmerklich für ihn, doch auffallend für seine Mitmenschen, die seinem Werdegang nicht zu folgen vermochten und ihn immer seltener einluden oder zum Mitkommen aufforderten, denn sie mochten sich nicht mit all den schwerwiegenden Fragen belasten und tiefgründige Diskussionen führen, die nur zu dem Punkt führten, daß sie die Unbekümmertheit überschatteten. Das Leben war dazu da, um genossen zu werden. Um das Morgen konnte man sich dann irgendwann einmal später Gedanken machen. Martin ging diese Denkweise je länger je mehr ab, und die Oberflächlichkeit seiner Kameraden und Freunde (die es schon fast nicht mehr waren) widerstrebte ihm. Selbst diejenigen, die damals mit ihm das Ufo beobachtet hatten, sanken wieder in eine Gleichgültigkeit zurück, die ihm unverständlich war. Wie war es möglich, daß eine solche Erfahrung nicht die Weichen des Lebens in eine ganz bestimmte Richtung stellte, ganz automatisch? Wieso interessierte ihn all das brennend, währenddem andere das gleiche sahen, es registrierten und dann einfach eines Tages so mir nichts dir nichts ablegen konnten, für ihr restliches Leben abzuhaken schienen? "Das muß tiefliegende Gründe haben", schlußfolgerte er für sich. "Vielleicht komme ich eines Tages darauf, wieso mich diese Sache nicht mehr losläßt, ja, mich immer mehr in ihren Bann schlägt. Nun gut, ich habe Erlebnisse gehabt, die selten jemandem widerfahren, doch liegen auch lange Strecken dazwischen, in denen ich völlig mir selbst überlassen war, mich nichts anregte. Und doch war da dieses unbestimmte Drängen und Ziehen nach mehr Realität, das sich zäh wie eine Klette an meine Fersen heftete und nie mehr losließ. Komisch, ich mag das, ich mag das sogar sehr, und ich hätte das Gefühl, mein Leben sei leer und sinnlos ohne diese Gewißheit, intelligenteres Leben über mich wachend zu wissen, denn wo führt denn mein/unser Leben hin, wenn wir so weitermachen? Doch nur in den Abgrund, und dort möchte ich mit Bestimmtheit nicht landen! Chance auf Rettung liegt doch nur noch in den Händen Gottes und dieser Außerirdischen, die in Seinem Namen handeln."

Zum ersten Mal wurde sich Martin bewußt, wie stark er Gott in sein Leben mit einzubeziehen begann. Dabei war er vor erst knappen drei Jahren aus der Kirche ausgetreten, weil er zu der Überzeugung gekommen war, daß er dort nicht das finden konnte, was er nicht zu beschreiben vermochte, aber intuitiv suchte. Ja, das war es: die Kirche war ihm zu eng geworden, zu dogmatisch, zu - kaum wagte er es zu formulieren - inkompetent. Wie anmaßend empfand er sich bei diesem Gedanken! "Und doch - war nicht sie es, die es über Jahrhunderte hin verstand, sich die Menschen untertan zu machen, indem sie ihnen ihre Sünden in den schlimmsten Farben ausmalte, sich selbst, d.h. ihre Vertreter, stets ausklammernd? War nicht sie es, die das Gebot "Du sollst nicht töten" auf's Schlimmste mißachtete und Glaubenskämpfe unter ihren Segen stellte? Waren es nicht die obersten Geistlichen - allen voran Papst Vigilius - die anläßlich des Konzils von Konstantinopel anno 553 n. Chr. die Reinkarnationslehre aus der Kirchenlehre herausstrichen, ein Wissen, das die Menschen um ein großes Stück ihrer Freiheit brachte? War nicht sie es, die mit ihren Drohungen von Fegefeuer und ewiger Verdammnis ihre Anhänger beherrschte und ausnutzte?" Jäh hielt Martin in seinem Gedankenfluß inne. "Jetzt bin ich genau dort gelandet, wo ich seit längerem übe, nicht hineinzugeraten, nämlich in die negative Denkweise! Ist das schwierig, sich nicht immer hineinreißen zu lassen! Ich muß es ins Positive umzuwandeln suchen. Gar nicht so einfach, mein Lieber." Grübelnd richtete er sich in seinem Lehnstuhl auf, fast, als wollte er auf diese Weise dem Himmel näher kommen. Er räusperte sich wie ein Maturand, der eine knifflige Frage beantworten sollte. Schwierig war die Aufgabe denn auch, die er sich selbst gestellt hatte. "Also, was gibt es Gutes zu finden an all diesen Ausführungen?" Lange überlegte er und kam dann zum zusammengefaßten Schluß, daß er mündig geworden sei und nun selbst Verantwortung übernommen habe, indem er die Kirche als Mittlerin ausgeklammert hat. "Jawohl, und das ist gut so", stellte er laut fest. Im Moment war er zufrieden mit sich und der Welt, wie man so zu sagen pflegt.

Nun gut, der Winter war also vorüber, und mit dem Frühling standen ein paar Tage Ferien ins Haus, vollkommen unverplant, was für Martin neu war. Er kannte sich selbst nicht wieder, einfach den Tag so auf sich zukommen zu lassen, ohne ein festes Ziel vor Augen zu haben, ohne zumindest eine grobe Richtung anzupeilen. Er hatte das sichere Gefühl, daß sich von selbst ergeben würde, was für ihn von Gutem war. Zufall war mittlerweile zu einem Wort geworden, das in seinem Denken keinen Platz mehr fand. Was mir zu-fällt, ist mit Sicherheit geplant und gewollt und dient meinem persönlichen Wachstum als geistiges Wesen. So gelesen und als wahr empfunden. Eigene Erlebnisse konnten diese Erkenntnis nur noch untermauern.

An seinem dritten freien Tag - eigentlich seinem ersten richtigen Ferientag, Montag - fühlte er sich hinausgezogen in den Stadtpark. Da das Wetter warm und sonnig war, fanden sich überall auf den Bänken Menschen, meist ältere Leute, die sich aus der Einsamkeit ihrer Wohnungen herausbegeben hatten in der Hoffnung, auf der Parkbank einen kleinen Schwatz abhalten zu können. So saßen sie denn zu zweit oder dritt an der Sonne oder diejenigen, die etwas angeschlagen waren, im Halbschatten, berichteten über dieses und jenes, teilten sich gegenseitig Ratschläge aus, hingen der Vergangenheit nach. Martin spazierte an dem künstlich angelegten Teich entlang und sah dem Treiben der Wasservögel zu. Die Seerosen begannen die ersten Blättchen auszutreiben, und hie und da hörte er einen erschreckten Frosch ins kalte Naß platschen. Auf der anderen Seite des Wassers erhoben sich eben zwei alte Leutchen von ihrem Sitzplatz, als er sich näherte. "Hier werde ich ein bißchen verweilen", entschloß sich Martin und ließ sich auf der frischroten Bank nieder. Wohlig ließ er sich die Sonnenstrahlen auf's Gesicht fallen, schloß dann die Augen, um bald einmal in ein leichtes Dösen zu fallen. Allerlei krause Dinge spielten sich da zusammenhanglos in seinem Kopf ab, und als er wieder auftauchte, wußte er nicht, ob er nun richtig geschlafen hatte.

In so einer halbbewußten Phase kam ein Gedanke ganz klar durch: "Mach' die Augen auf!" Sogleich war er hellwach, und noch bevor er die Augen öffnete, fühlte er, daß sein Körper beschattet wurde. Fast erschrak er, war dann aber sogleich freudig erregt, als er sah, zu wem dieser Schatten gehörte. Clif stand wie aus dem Boden gewachsen lässig vor ihm, seine Jacke locker über die Schulter geworfen und eine Hand in der Hosentasche versenkt. Breit lachend streckte er ihm die andere zum Gruß entgegen. Martin sprang auf die Beine, schüttelte kräftig und ausgiebig die Hand seines Freundes und forderte ihn auf, sich zu ihm zu setzen. Angeregt plauderten sie miteinander, bis Clif bemerkte: "Eigentlich bin ich gekommen, um Dich zu entführen. Ich weiß, jetzt hast Du Zeit, und wenn Du magst, machen wir wieder einen kleinen Ausflug." Das ließ sich Martin nicht zweimal sagen. Begeistert nickte er, und so beschlossen sie, aufzubrechen. In Clifs Kleinwagen fuhren sie zur Stadt hinaus, und, wie es Martin schien, wieder in dieselbe Richtung wie beim vorherigen Mal. Tatsächlich endete ihre Fahrt bei der bereits bekannten Kiesgrube. Es war diesmal noch Tageslicht; allerdings war die Sonne schon hinter dem Horizont verschwunden. Ein frischer Wind kam auf, und sie waren froh, ihre Jacken überziehen zu können. Eine Amsel zwitscherte ihr Abendlied in den sich rot verfärbenden Himmel; ansonsten war es still. Manchmal ließ sich ein leichtes Rauschen der entfernt vorbeiführenden Autobahn vernehmen. Es mußte eine entsprechende Luftspiegelung herrschen, denn rein von der Distanz her wäre es nicht möglich gewesen. Die Stadt selbst ließ sich nur erahnen - ein Hügelzug verdeckte die Sicht. Das noch recht frische Laub der Bäume raschelte und verbreitete eine angenehme, gesund wirkende Luft.

"Hast Du Deine Zahnbürste dabei?" fragte Clif scherzhaft. "Nein, wieso? Soll es denn länger dauern?" "Ein bißchen schon, ja. Wir möchten Dich ein paar Leuten auf dem Mars vorstellen." Bei diesen Worten schaute Clif forschend in Martins Gesicht und war zufrieden, in diesem einen positiven Ausdruck zu erkennen. Keine Spur von Unsicherheit zeigte sich, noch ein Zeichen von verhaltener Nervosität. "Du hast gut an Dir gearbeitet", stellte Clif befriedigt fest. Martin wußte, auf was sich dieses Lob bezog und klopfte sich in Gedanken selbst auf die Schulter. Eher selten tröpfelte der Lohn seiner Arbeit an sich selbst herein. Umso gieriger sog er die Anerkennung in sich auf. Es ist damit wie mit Wasser, das in die Wüste fällt und plötzlich herrliche Pflanzen hervorbrechen läßt. Neue Lebenskraft erwacht. Dieser labende Quell hilft die nächste Durststrecke zu überbrücken. Ausdauer findet zur rechten Zeit ihre Belohnung.

Martin schrak aus seinen Gedanen auf, als er Clif sagen hörte: "Sie kommen!" Gespannt suchte er den Himmel ab, konnte aber nichts Ungewöhnliches entdecken. Fragend schaute er zu Clif, dessen Blick über den Baumwipfeln in die Ferne schweifte. "Ich kann immer noch nichts erkennen", äußerte sich Matin nach einer weiteren kurzen Zeit des Wartens. "Bald wirst auch Du sie sehen", entgegnete Clif. "Sie sind im Begriff, sich voll zu materialisieren." Martin wußte aus den verschiedenen Büchern, die er gelesen hatte, daß Raumschiffe aus anderen Dimensionen für das menschliche Auge unsichtbar sind, sofern sie sich nicht in eine niedrigere Schwingung versetzen, sich unserem Sein anpassen. Hier mußte so etwas vor sich gehen. Und tatsächlich tauchte die Flugscheibe ganz spontan in ziemlich großer Distanz am Himmel auf. Das Metall leuchtete, als würde es von der Sonne beschienen. Schnell und fast geräuschlos näherte sie sich den beiden Wartenden. Mit welcher Sicherheit sie auf diesem kleinen, unbekannten Fleck Erde schlußendlich aufsetzte, ließ Martin auf's neue staunen. Was mußten die für "Karten" und Navigationsinstrumente besitzen, um sich so präzise zurechtzufinden!

Die Luke oder Türe öffnete sich, währenddem sich Clif und Martin bereits in Richtung Raumschiff in Bewegung gesetzt hatten. Freudestrahlend kam ihnen Deril entgegen, gefolgt von Isma, und es gab eine herzliche Begrüßung. Ohne weiteres Zuwarten stiegen sie alle ein. Im Innern wartete eine brünette Pilotin auf sie, die sich mit dem Namen Kasimeh vorstellte. Sie hatte ein feingeschnittenes ebenmäßiges Gesicht, dessen Alter nicht abzulesen war. Es schien jung aber doch reif und war von zarter Farbe. Die enganliegende Kleidung unterstrich ihre zarte Gestalt, die etwa 1,60 m maß. Die warmen braunen Augen waren ungewöhnlich groß und leicht schräggestellt, ihr lächelnder Mund entblößte ebenmäßige reinweiße Zähne. Auch sie redete perfekt in der Sprache ihrer beiden Besucher, als sie ein paar Worte des Willkommens an sie richtete. Clif begrüßte sie wie eine alte Bekannte, was sie wohl auch war. "Ich werde Euch als Erstes zu unserem Mutterschiff bringen, denn diese Flugscheibe, die nur etwa einen Durchmesser von 6 m hat, ist ein Kurzstreckenfahrzeug, das ausschließlich für kleine Erkundungsflüge gebraucht wird", erklärte sie und bat ihre Mitreisenden, sich zu setzen. Auf dem Bildschirm konnte Martin das Abheben und Sich-von-der-Erde-entfernen mitverfolgen.

Nachdem die Terra in so weite Entfernung gerückt war, daß Martin sie nicht mehr als seinen Heimatplaneten erkennen konnte, kündete ihm Isma eine Sensation an. Er machte das so überzeugend wie im Fernsehprogramm die Reklame-Einblendung, so daß alle heiter lachten und ihn sogleich beim Wort nahmen. "Ich kann zaubern", sagte Isma geheimnisvoll, und es war klar, daß er diese Show einzig und alleine für Martin abzog. Breit stellte er sich vor die Seitenwand, hob die Arme an und murmelte dazu ein paar unverständliche Worte. Magisch glitt die Wandfläche auseinander, und was dahinter zum Vorschein kam, verschlug Martin fast den Atem. Was er da zu sehen bekam, hätte er nicht für möglich gehalten. Eine kleine Leinwand oder so etwas ähnliches breitete sich vor ihnen aus, und als sich Isma vor dem kleinen Schaltpult zu schaffen machte, war es plötzlich wie im Kino, nur noch echter! Vor Martins Augen präsentierte sich das elterliche Haus, immer näher herangezoomt, bis er nur noch ein offenes Fenster vor sich hatte, in dem seine Mutter stand und mit jemandem draußen redete. Isma schaltete nun den Ton bei, so daß verständlich wurde, was die Frau sagte. Lachend erklärte Martin, daß sie mit dem alten Kater von nebenan rede und ihm gerade einen Verweis erteile, weil er einen Vogel angeschlichen hatte. Seine Mutter ist sehr tierliebend und müht sich damit ab, alle miteinander in Harmonie zu bringen, d.h. ihre alten niederen Instinkte, wie sie sich auszudrücken pflegte, auszuschalten - mit mäßigem Erfolg, wie sich hier eben zeigte. "Kannst Du jeden beliebigen Ort anpeilen, jede gewünschte Person einfangen, um Daten zu sammeln?" fragte

Martin erstaunt. "Ja, sicher", erwiderte Isma, "unsere Aufklärungsschiffe haben zum Teil diese verfeinerte Ausrüstung an Bord, um ihre Mission präziser bewältigen zu können. Paß auf, es kommt noch besser!" In der eben erlebten Szene erfolgte eine Überblendung, nachdem Isma eine andere Taste gedrückt hatte und an einem Knopf drehte. "Dies ist ein Zeitraster", fügte er zu der letzten Handbewegung bei. Was jetzt zu sehen war, entlockte in Martin ein ungläubiges "Nein, das gibt's doch gar nicht". Er sah sich, wie er vor etwa drei Wochen in der Buchhandlung herumstöberte und dann das fand, wonach er gesucht hatte: eine Anleitung zum automatischen Schreiben. Er hatte nämlich so die leise Hoffnung, daß er damit eher zum Ziel kommen könnte als mit der Telepathie. Nun blätterte er in dem Buch, um sich einen kleinen Einblick zu verschaffen. Er kaufte es und verließ den Laden. Hier wurde das Bild wieder ausgeblendet. "Heieiei", kam es über Martins Lippen, und nachdenklich strich er sich über's Haar. "Habt ihr eine laufende Aufzeichnung über mich?" wollte er nun wissen und fühlte eine leise Ablehnung aufsteigen. "Nein, wir schalten uns nur dann ein, wenn Deine Schwingung es bei uns signalisert, also wenn bei Dir etwas abläuft, von dem wir Kenntnis haben sollten. Ich weiß nicht, ob Du Dir dessen voll bewußt bist, aber Du bist 'unser Mann', ein für uns wichtiger Mitarbeiter. In Deinem Unterbewußtsein ist Deine Übereinstimmung, die Du vor Deiner jetzigen Inkarnation gegeben hast, verankert. Es liegt uns sehr daran, daß Du Deine Vorbereitungen für Deine Aufgaben triffst und Deine spirituelle Ausbildung ernst nimmst. Wir verfolgen Deinen Lebensweg - wie eben gesehen - um sicherzustellen, daß Du alles hast, was Du brauchst zu Deiner Bewußtwerdung. Es ist nicht in dem Sinne zu verstehen, wie das bei Euch so üblich ist; es ist eine zu ausschließlich positiven und hilfreichen Zwecken ausgerichtete Schau. Unethisches Tun wirst Du bei uns nicht finden, da wir im Namen Gottes für Euch tätig sind und uns demzufolge Euer Wohlergehen am Herzen liegt." Diesmal war es Deril, der gesprochen hatte, und auf seinem Gesicht lag ein Zug von Güte und Herzenswärme. Martin schämte sich seiner anfänglichen Ablehnung und bat im Stillen um Verzeihung. "Schon gut", sagte Deril, "Du wirst noch viel anderes von uns erfahren und lernen." Martin wußte, daß seine Gedanken aufgefangen worden waren.

Nach kurzer Zeit meldete Kasimeh, daß sie nun ins Mutterschiff einlaufen würden. Sie hatten einen Bildschirm eingeschaltet, der es Martin erlaubte, dieses Weltraumfahrzeug von außen zu besichtigen. Es war sehr groß auf der Mattscheibe zu sehen, langgezogen, fast einem Zeppelin ähnlich. Eine Reihe von Fenstern zeigte Licht, und an einem Ende war eine Klappe heruntergelassen. Sie bewegten sich auf diese Einfahrt zu, was sich gleichzeitig auf dem Schirm beobachten ließ, denn immer mehr Details waren zu erkennen, was von bloßem Auge noch nicht zu sehen war. Da war in der Mitte der Öffnung eine Schiene, auf die ihre kleine Raumkapsel wenige Sekunden später dann aufsetzte. Ab dann war alles 1:1 erlebbar. Geräuschlos glitten sie ins Innere des Mutterschiffes. Nach etwa 30 m Distanz hielten sie an, und alle konnten aussteigen. Vor ihnen wartete bereits jemand, der das Fahrzeug in Empfang nahm und in eine Art Garage brachte.

Auf einem Rollband wurden die Fünf weitertransportiert bis vor eine Türe, die sich von selbst öffnete, als sie kurz davor standen. Kaum in dem kleinen Raum angekommen, schloß sich die Öffnung wieder und verschiedenfarbige Lampen leuchteten der Reihe nach auf. "Sie geben die verschiedenen Sektoren an", erläuterte Deril. "Es läßt sich mit euren Fahrstühlen vergleichen." Nun schienen sie dort angekommen, wo der allgemeine Aufenthaltsraum war, denn in mehreren Gruppen waren Sitzgelegenheiten mit kleinen Tischchen angeordnet, alles sehr luftig, sehr leicht und in verhaltenen Farbtönen gehalten. Es war hell wie am Tage, obwohl nirgends Fenster waren. Von der entgegengesetzten Seite kamen ihnen zwei Frauen entgegen. Sie trugen lange Kleider, die ihre schlanken Körper umschmeichelten. Auch sie waren in zarten Farben gehalten, bestens auf ihre Trägerinnen abgestimmt. Die kleinere der beiden Frauen war lachsfarben angezogen zu ihrem dunklen Haar und dem leicht bräunlichen Teint ihrer makellosen Haut, wohingegen die Zweite hellblond war mit blauen Augen wie ihr Kleid. Ihre Haut war sehr hell, fast durchsichtig - eine engelhafte Erscheinung. Der einzige Schmuck, der diese Holden zierte, war ein mit passenden Edelsteinen besetzter breiter Gürtel, der die langen Gewänder in fließende Falten legte. An den schlanken Füßen trugen sie leichte Sandaletten in schillernden Farbtönen. Sie begrüßten die Ankommenden mit einem kühlen Getränk, das sie auf kleinen Servierplateaus darboten. Der Saft war köstlich, ließ sich aber mit nichts ähnlich Bekanntem vergleichen. Kurz darauf entschuldigten sich die beiden Gastgeberinnen; sie mußten sich umziehen gehen, um ihren Dienst im Cockpit anzutreten. Ihre Pilotin hingegen zog sich zu einer kleinen Ruhepause zurück. Isma und Deril schlugen Martin vor, mit den beiden jetzt im Arbeitstenue erschienenen Pilotinnen zu gehen, um sich im Schiff näher umzusehen.

Sie stiegen wieder in einen der Aufzüge und ließen sich unmerklich in einen anderen Bereich befördern. "Wir sind jetzt im obersten Geschoß", bemerkte Isma. "Hier liegen das Steuerzentrum sowie das Zentrallabor. Tretet bitte ein", forderte er das Grüppchen auf. Die beiden Frauen lächelten, als sie so höflich an ihre Arbeitsplätze komplimentiert wurden. Sogleich begannen sie, sich an ihren Schaltpulten zu schaffen zu machen. Jeder Griff, jede Abfolge schien zur reinen Routine geworden. Ihr selbstsicheres Vorgehen flößte großes Vertrauen ein. Martin bemerkte, daß an vier weiteren Plätzen bereits je ein Pilot saß und die Vorbereitungen für den Weiterflug zu treffen schien. "Richtig", bestätigte Deril Martins Feststellung. "In ein paar wenigen Minuten starten wir ins All, unserem Heimatplaneten zu. Schau hier", und er deutete auf eine Skala, "hier kannst Du die Beschleunigung ablesen." Die Zahlen wechselten so schnell, daß es unmöglich war, sie abzulesen. Dabei war nicht die kleinste Bewegung zu verspüren. Beeindruckt durch dieses Wunder der Technik blieb Martin einstweilen stumm. "Wir werden jetzt bald auf Lichtgeschwindigkeit kommen. Danach gehen wir über auf die eigentliche Reisegeschwindigkeit, die das Zehnfache - in etwa - betragen wird. Ein Autopilot wird ab dann die Überwachung für eine gewisse Zeit übernehmen." Deril bemerkte die Ungläubigkeit in Martins Gesicht, daher fügte er bei: "Weil wir in Kenntnis sind über die höheren Naturgesetze, ist es uns möglich, sie uns auch nutzbar zu machen. Dieses Wissen ermöglicht es uns, Zeitreisen zu vollziehen, wie ihr sie beginnt, in euren kühnsten Träumen auszudenken. Was Spielberg in seinen Filmen aufzeigt, ist nicht Phantasie, sondern das Heraufholen von noch unbewußten Kenntnissen. Seine Aufgabe ist es, mit seinen Phantastereien ein neues Denken anzubahnen und die Menschen aus ihrem begrenzten Denken herauszuholen. Er macht seine Sache gut - das zeigen die Erfolge, die er immer wieder zu verzeichnen hat. Ein gewisser Weltall-Wissensdurst und Zeitalter-Räusche beginnen, sich anzubahnen und auf eine Art süchtig zu machen. Ein Phänomen, das in die jetzige Endzeit gehört und gewollt ist. Die geistige Öffnung wird immer schneller möglich, je näher die Jahrtausendwende rückt, und wer in seinem Geiste erstarrt bleibt, wird zurückbleiben." Martin hörte hier in Worte gefaßt, was er schon seit längerem zu fühlen vermeinte. Es freute ihn, daß er seiner Intuition schon mehr Vertrauen schenken konnte. Es war ihm zugleich Ansporn zu noch mehr Eigenleistung in Sachen spiritueller Übungen.

"Wenn Du willst, kannst Du Dich jetzt auch etwas ausruhen. Die Reise wird mehrere Stunden - in Eurer Zeitrechnung gemessen - dauern. Sobald es wieder etwas für Dich zu sehen gibt, werden wir Dich wecken." Deril ging ihm voraus in einen kleinen Raum neben dem Steuerzentrum. In den Wänden waren kleine Schlafkojen eingelassen, die mit äußerst bequemen Pritschen ausgestattet waren. Sie ließen sich automatisch von innen her schließen, und eine Klimaanlage sorgte für Wohlbefinden. Das Licht ließ sich dimmen und so den eigenen Bedürfnissen anpassen. Wohlig streckte sich Martin auf dem Polster aus, das sich seinem Körper vollständig anpaßte und irgendwie fast seidig anzufühlen war. Er hätte nicht bis zehn zählen können, da war er schon in einen tiefen erholsamen Schlaf gesunken.

Es wurde Zeit, wieder aufzutauchen. Isma war es, der sich darum kümmerte, daß Martin nichts verpaßte. Auf telepathischem Weg sandte er ihm Impulse, die ihn sachte in das Tagesbewußtsein zurückholten. Vollständig erholt erhob er sich, fuhr ein paar Mal mit den Fingern durch das Haar, dehnte Arme und Beine kurz durch und ging dann ins Cockpit hinüber, wo die Arbeitsplätze wieder voll belegt waren. Isma ging ihm entgegen, erkundigte sich nach seinem Befinden und führte ihn dann zum schon bekannten Bildschirm. Auf Knopfdruck erhellte sich dieser und viele leuchtende Punkte tauchten auf, wanderten zügig über den Schirm, verschwanden wieder, um Neuen Platz zu machen. Nun fixierte Isma einen dieser hellen Flecke und vergrößerte ihn, bis Martin Strukturen zu erkennen begann. Vorerst herrschte eine grüngelbe Farbe vor, dann, mit zunehmender Vergrößerung, löste sich das Bild in große grüne und kleinere gelbe Flächen auf, durchzogen von Blau, was Martin als Wasserflächen einstufte. Sie rückten dieser Oberfläche immer näher, woraus er schloß, daß sie sich wirklich diesem Planeten näherten. "Du siehst nun unseren Heimatplaneten, den Mars, vor Dir aus einer Höhe von etwa 30.000 km. Wir werden uns jetzt zu den Fenstern begeben, damit Du die Landung aus Deiner eigenen Optik miterleben kannst." Erst jetzt bemerkte Martin, daß eine Reihe runder Scheiben den Blick freigaben ins All. Neugierig äugte er hinaus. Unter sich war das "Festland" schon beträchtlich nähergerückt. "Wie schnell fliegen wir jetzt?" fragte er Isma. "Die Geschwindigkeit ist nun bereits auf 12.000 km pro Stunde heruntergedrosselt und wird laufend reduziert, um das Schiff dann weich aufzusetzen." Es war ein imposantes Schauspiel, selbst quasi wie ein Satellit aus der Vogelschau Daten zu sammeln. Das war um einiges aufregender als das Wetter-Satellitenbild im Fernsehen! Nun konnte er bereits die Unebenheiten, d.h. Hügel oder Berge, ausmachen. Wahrscheinlich waren es nur Hügel, denn die Flächen waren grün anzusehen. Alsdann zogen sie über eine größere blaue Fläche hinweg, an deren Ende eine Stadt zu liegen schien. Etwas entfernter lag auf einer großen, fast kreisrunden Ebene ein Gebäude von riesigen Ausmaßen, die Rückwand in einen Hügel, der sich an dieser Ebene entlangzog, hineingebaut. Sie schienen direkt darauf zuzusteuern. "Dies ist unsere Landebasis. Da werden unsere Raumschiffe auch gewartet, wenn sie im Unterstand an ihrem Platz stehen. Der Raum kann sieben Mutterschiffe mit ihren Erkundungsschiffen aufnehmen, doch sind fast nie alle beieinander. Heute werden wir gar die einzigen sein, denn im Moment herrscht rege Aktivität im All draußen. Auch wir werden uns für nur kurze Zeit hier aufhalten, doch lange genug, um Dir einen ersten aufschlußreichen Aufenthalt zu bieten."

Clif übernahm nun Derils Rolle als Reiseführer und hieß Martin wieder Platz zu nehmen, da sie nun auf Land aufsetzen würden. Martin fühlte sich unglaublich wohl und leicht und beflügelt. "Das macht der jetzige Zustand Deines Körpers aus", erklärte ihm Clif, "denn dieser ist in einen halbmateriellen Zustand transformiert worden, während Du schliefst. Dies muß sein, damit Du den neuen Gegebenheiten angepaßt bist. Allerdings kannst Du nicht allzu lange darin verweilen, ohne Schaden zu nehmen, doch reicht die Zeit aus, um Dir das Wichtigste hier zu zeigen." Ein wenig erschrak Martin schon, als er Clifs Erläuterung vernahm und fragte sich für einen kurzen Moment, in was für ein Abenteuer er sich da eingelassen habe. Doch die Neugier obsiegte, und er wollte wissen, ob denn alles hier in dieser Schwingung sei. "Jawohl", antwortete Clif. "Obwohl hier auf dem Mars verschiedenste

Völker beisammen sind, die von unsrigem Aussehen ziemlich abweichen können, haben wir doch alle einen bestimmten Bewußtseinsgrad erreicht - oder auch schon ziemlich überschritten - der die rein materielle Ebene hinter sich gelassen hat. Auch wir hier sind auf dem Weg, auch uns steht noch vieles zu lernen bevor, bis wir in die immaterielle Ebene aufsteigen können."

Das riesige Raumschiff hatte unmerklich auf dem Boden aufgesetzt, und die ganze Mannschaft mitsamt ihren beiden Besuchern ließ sich mit dem Förderband durch den Rumpf transportieren, bestieg einen Lift und setzte sich damit ins "Erdgeschoß" ab, wo eine große Türe geöffnet war, die sie ins Freie entließ. Unten an der Treppe wurden sie bereits von einem Mann erwartet, der eine Art Auto für sie bereithielt. Es war ein Gefährt, das für gut ein Dutzend Leute Platz bot und wie ein Luftkissenboot dahinglitt - absolut geräuschlos, ohne zu holpern oder bei der Beschleunigung zu rucken. Ihr Chauffeur brachte sie in die nahegelegene Stadt. Die Straßen waren belebt, doch herrschte nicht die Hektik, die Martin von der Erde her gewohnt war, noch war eine schlechte Luft anzutreffen. Diese Fahrzeuge hinterließen nicht die geringsten Abgase, wie es Martin schien. Die schönsten Bäume säumten die Straßen, und in den Gärten blühten prachtvolle duftende Blumen. Martin war kein Blumenkenner, doch wußte er mit Bestimmtheit, daß sie auf der Erde keine Ebenbilder hatten - vielleicht kleine Ähnlichkeiten, ja, aber niemals diese Leuchtkraft der Farben und vor allem diese Größe! Tellergroße Blüten noch und noch, darauf Insekten in schillernden Farben, Schmetterlinge so groß wie Vögel. Martin gingen die Augen über vor all dieser Herrlichkeit.

Hochhäuser gab es keine. Jeder schien sein eigenes Haus zu bewohnen, wobei ein jedes eine sehr persönliche Ausstrahlung hatte, wohl seinem Besitzer entsprechend. Sie waren meist weiß getüncht, hatten sehr große Fenster, die aber nicht ins Innere blicken ließen. Es erinnerte Martin an die speziellen Spiegel, die den Blick nur auf eine Seite hin freigaben, so daß sich Leute beobachten ließen, ohne daß der Beobachter selber gesehen werden konnte. Clif erriet, was Martin eben überlege, und berichtigte seine Mußmaßung. "Diese Fenster sind wohl für Deine Augen undurchdringbar, doch die Bewohner hier haben keine Geheimisse voreinander. Ihre Blicke gehen durch Fenster wie auch durch Wände hndurch, wenn sie es wünschen. Ihr drittes Auge ist voll erwacht, daher diese Möglichkeit." "Aha", sagte Martin, "und dann können sie wohl auch noch Gedanken lesen wie in einem offenen Buch?" dies jedoch mit zweifelnder Miene. "Du hast es erraten", kam die spontane Antwort. "Auweia, ob das immer gut geht? Wenn ich mir so überlege, was das bei uns für Folgen haben würde!" Martin krauste leicht die Stirn. Clif ließ sich wieder vernehmen: "Keine Bange. Da die Menschen hier in einer bereits höheren Bewußtseinsebene sind, sind sie sehr darauf bedacht, jeden negativen Gedanken - sollte er doch einmal aufkommen - sofort in einen positiven umwandeln. Es ist einer der wichtigsten Lernprozesse, die ein 'Neuling' hier zu durchlaufen hat, und alle helfen einander dabei." "Oh, fast zu schön um wahr zu sein", entgegnete Martin und wurde dabei fast ein wenig traurig.

Doch gleich wurde er seiner Stimmung entrissen, denn sie hielten vor einem großen runden Gebäude in einem weitläufigen Park. Eine mächtige Freitreppe führte zum Eingang hinauf, vor dem eine große männliche Gestalt in einer Art Tunika auf sie zu warten schien. Ein großer Hund trabte ihnen entgegen, wedelte mit seinem buschigen Schwanz und stupste Martin freundschaftlich mit seiner feuchten rosigen Nase an die dargebotene Handfläche. Dann eilte er ihnen wieder treppauf voran. Der auf sie wartende Mann flößte Ehrerbietung ein. Seine Augen strahlten in ihrer Helligkeit Weisheit und Güte aus, sein Körper war aufrecht und straff, jedoch nicht jugendlich. Er wurde Martin als Oberhaupt dieser Stadt vorgestellt. Es war üblich, daß Besucher anderer Welten stets zuerst ihn aufsuchten, bevor sie herumgeführt wurden. Mit einer würdigen Handbewegung lud er alle ins Innere seines Sitzes ein. Die Eingangshalle allein war schon sehr imposant. Die Decke lag hoch oben und wurde von indirektem Licht angestrahlt, so daß man den Eindruck gewann, als ob die Sonne schiene. Die Wände waren sparsam geschmückt mit prächtigen Bildern in schweren kunstvollen Rahmen. Sie zeigten ausschließlich Portraits, die Gesichter der Vorgänger des Gastgebers, wie Martin später erklärt wurde. Kleine Skulpturen ineinander geschachtelter oder -verflochtener geometrischer Formen zierten säulenartige Sockel, die locker im Raum gruppiert waren, wo Sitzgruppen zum Verweilen einluden. Sie waren wohl für die kurzen Begrüßungszeremonien gedacht, denn alle wurden aufgefordert, sich zu setzen. Drei Mädchen, fast schon Frauen, brachten erfrischende Getränke herein. Ihr Liebreiz beglückte nicht nur Martin. Es waren die Töchter des Hausherrn, und sie übernahmen offensichtlich einen Teil der Abfolge dieser Begegnung. Sie verschwanden hinter einem unauffälligen Paravent, um sogleich wieder zu erscheinen, jede von ihnen ein anderes Instrument im Arm. Sie ähnelten unserer Laute, dem Hackbrett und der Geige, wobei letztere nicht gestrichen, sondern auch gezupft wurde. Alsbald erklangen fröhliche Melodien, zeitweilig von den glokkenhellen Stimmen ergänzt. Die Besucher wurden in eine freudige Stimmung versetzt und bedankten sich am Schluß des kleinen Ständchens durch Aufstehen und Anheben der rechten Hand, die Innenseite den drei Mädchen zugewandt. Die Begrüßungszeremonie war damit beendet, und man schickte sich an, das Haus wieder zu verlassen. "Schauen Sie sich alles gut an, mein Freund", sagte der ehrwürdige Herr, "und berichten Sie in ihrem Land, was Sie hier gesehen, und überbringen Sie unsere freundschaftlichen Grüße." Mit warmem Lächeln verabschiedete er sich.

Es waren nun viele Menschen in den Straßen. Sie hatten fröhliche Gesichter und bewegten sich locker und beschwingt. Nicht eine einzige Person war zu sehen, die in irgendeiner Weise krank oder behindert ausgesehen hätte. Die Kleidung der Leute war nicht sehr unterschiedlich, nicht auffällig modisch wie auf Erden und vor allem nicht sexbetont, obwohl gerade dieses dezente In-Erscheinung-treten der Frauen sehr anziehend wirken konnte, wie Martin für sich feststellte. Sie wirkten, ohne etwas dazutun zu müssen. Die Männer waren in der Regel um etwa einen Kopf größer als die Frauen und durch's Band weg schlank, wie auch das weibliche Geschlecht. "Wie machen die das bloß?" wunderte er sich. Clif hatte schon die Antwort bereit: "Bei uns steht das geistige Wachstum im Vordergrund - so hat der Körper gar kein großes Bedürfnis, Nahrung aufzunehmen, denn die Beschäftigung mit dem Geist überträgt ebenfalls Energie. Vielleicht erinnerst Du Dich, davon gehört zu haben, daß es bei Euch auf der Erde Heilige gab (und immer noch Menschen gibt), die mit praktisch keiner Nahrung überlebten. Sie alle lebten ausnahmslos in großer Gottesnähe, nährten sich mit dem Geiste. Ihr pflegt zu sagen 'Der Mensch lebt nicht vom Brot allein'. Wahrhaftig, so ist es." " Aber dennoch pflegt ihr zu essen, oder?" wollte Martin wissen. "Ja", gab Clif zur Antwort, "wir haben schmackhafte Gemüse und köstliche Früchte, von denen wir täglich etwas zu uns nehmen. Die Zubereitung ist sehr einfach und nimmt wenig Zeit in Anspruch, da wir nichts kochen wie bei Euch. Alles wird in seiner Beschaffenheit belassen. Vorräte anzulegen, wie Ihr es tut, kennen wir nicht. Es gibt stets alles ausreichend und niemand muß sich sorgen, von was er morgen leben soll! Da niemand habgierig ist und im Überfluß zu schwelgen begehrt, reicht es für alle." "Traumhaft", konnte da Martin nur entgegnen.

Unterwegs hielten sie zweimal an, um die Besatzung des Raumschiffes aussteigen zu lassen, damit sie ihre Familien wiedersehen konnten. "Du wirst bei meiner Familie wohnen", erklärte Clif.

"Ich selbst werde nicht immer mit Dir sein können, doch wird sich mein Bruder Arunso um Dich kümmern und versuchen, Deine Wünsche zu erfüllen. Du wirst sehen, es wird ein schöner Aufenthalt für Dich werden." Sie bogen nun von der breiteren Fahrbahn ab in eine schmale, an der duftende Blütenbäume beidseitig begrenzend dastanden. Sie bogen bald in eine kleine Allee ein, die zu einer Villa, wie wir sagen würden, führt. Ein kleiner Teich lag vor dem Hausportal, in dem klares Wasser plätscherte und eine Art Seerosen einen Teil der Oberfläche bedeckten. Ein paar bunte Fische flitzten quicklebendig umher. Der Garten, der sich vor allem hinter dem Haus ausdehnte, wurde genüßlich bewohnt. Überall waren Sitzgelegenheiten in Grüppchen aufgestellt, und ein paar Liegen unter Palmen luden zum Sein ein. Kaum hatten sie den Garten von außen her betreten, liefen ihnen schon zwei kleinere Kinder, ein Mädchen und ein Junge, entgegen und begrüßten Clif freudig. "Und das hier ist mein Freund Martin", stellte er vor. "Er kommt von der Terra." Ohne Scheu streckte ihm das Mädchen die Hand hin und sagte: "Ich bin Marinha, und das ist mein Bruder Bodil." Beide trugen bequeme weite Kittelchen und Hosen, und ihre Füße steckten in leichten Sandaletten. Ihre strohblonden schulterlangen Haare unterstrichen noch ihr sonniges Wesen. "Wo ist Eure Mama?" fragte Clif sie. "Ich glaube im Gewächshaus", antwortete Marinha und lief schon voraus, gefolgt von ihrem kleineren Bruder. Sie traten in ein Glashaus ein, das wie ein Wintergarten, wie sie jetzt so begehrt waren in der Gegend, wo Martin herkam, aussah und in dem eine angenehme erdige Luft sie empfing, durchsetzt von einem undefinierbaren würzigen Duft, den die ihnen am nächsten stehende Pflanze ausströmte. Es waren ihre Blätter; Blüten hatte sie keine. "Mama, Mama!" riefen Bodil und Marinha fast gleichzeitig. "Hier bin ich", antwortete ihnen liebevoll die Gerufene. "Clif ist hier und hat Besuch mitgebracht!" Aus dem hinteren Teil des Glashauses kam ihnen eine junge hübsche Frau lächelnd entgegen. "Das ist meine Schwester Belindah", sagte Clif erklärend und machte sie mit

Martin bekannt. "Ihr Mann weilt gegenwärtig auf Erdmission; bald wird er wieder heimkommen und seine Studien hier fortsetzen. Er ist Wissenschaftler aus Passion", fügte er lachend bei. "Dieses Pflanzenhaus ist sein Werk, und Belindah umsorgt die Pflanzen, wenn er nicht hier sein kann. Du wirst auch einige entdecken, die Du von der Erde her kennst. Mein Schwager hat sich zur Aufgabe gemacht, ihren Aufbau zu erforschen und ihre Lebensbedingungen genau zu ergründen. Sein Spezialgebiet ist die Zukunftsforschung. Er hilft mit, die Vegetation der neugestalteten Erde zu schaffen oder zu züchten, wenn Du so willst."

"Wir können uns nachher ein bißchen umsehen", schlug Belindah vor, "doch möchte ich Euch zuerst Mama und Papa ankünden." Gemeinsam gingen sie zum Wohnhaus zurück und traten über die Terrasse in einen großen hellen Raum ein, der Salon, wie es Martin schien. Offenbar hatte man sie schon kommen gehört, denn gleich erschien ein älteres Ehepaar, beide blond und hochgewachsen, mit intelligenten wachen Augen, die strahlend auf die Eintretenden blickten. "Seid willkommen!" Einladend deuteten sie auf ein paar Sessel, wo sie sich niederließen. Eine Schale mit verschiedenen Früchten wurde herumgereicht, und nachdem sich alle bedient hatten, hob ein angeregtes Gespräch an. Clif berichtete Lustiges über seinen Aufenthalt auf der Terra, vor allem über Dinge, die er anfänglich nicht ganz durchschaut hatte und dadurch Überraschungen erlebte. So wurden Martin die Hemmungen genommen, die ihn hin und wieder befielen. Er konnte herzlich mitlachen und fühlte sich schon fast wie zu Hause, nicht zuletzt wegen der Natürlichkeit, mit der ihm begegnet wurde und der selbstverständlichen Offenheit. "Wir werden kurzum essen", eröffnete nach einiger Zeit Clifs Mutter. "Wenn Ihr Euch noch etwas ausruhen oder erfrischen wollt vorher..."

"Ich werde Martin sein Zimmer zeigen", erbot sich Bodil spontan an, nahm ihn bei der Hand und stieg mit ihm eine Treppe hinauf ins Obergeschoß. Von einer Galerie aus gelangte man zu den verschiedenen Schlafräumen. Bodil öffnete eine der vielen Türen und bedeutete Martin, einzutreten. Es war ein ziemlich großes Gemach, in dessen Mitte eine runde Schlafstätte stand mit vielen Kissen. Am Kopfende war ein schmaler Umbau, in dem etwas Technik eingebaut war. Die hellviolette Farbe des Überwurfes behagte Martin - es war eine seiner Lieblingsfarben - und es fiel ihm auf, wie die ganze Ausstattung des Raumes Ton in Ton gehalten war. Die Schränke waren alle in der Wand eingelassen, und vor dem großen Erkerfenster stand ein Tischchen mit zwei blau- und rosagemusterten Sesseln. Auf der Tischplatte prangte ein Strauß Blumen, ebenfalls in blau und rosa, ergänzt mit kleinen weißen Blüten. Der Duft war sehr fein, unaufdringlich. Daneben stand eine silbrigglänzende Schale mit "Gebäck". Bodil öffnete eine weitere Türe, und Martin sah, daß sich dahinter ein Badezimmer verbarg. "Wow!" entfuhr es ihm, und Bodil mußte lachen über das Staunen ihres Gastes. "'Das gibt es bei uns nicht einmal in einem Fünfsternehotel", beteuerte er. Und wahrhaftig, der Luxus in reiner Form breitete sich da vor ihm aus. Das mußte morgen ausgiebig genossen werden, sofern man ihm die Zeit dazu ließ. Jetzt beschränkte er sich auf's Händewaschen und Kämmen. "Ich werde Dich etwas später wieder abholen, ja?" erbot sich sein kleiner Gastgeber und verzog sich wieder.

Martin stand da, leicht verwirrt um sich blickend. Er kniff sich in den Arm. "Doch, das tut weh, also bin ich", schlußfolgerte er. "Gut, hinsetzen!" Die weichen aber dennoch formbeständigen Polster fingen ihn auf und vermittelten Wohlbehagen. Großspurig legte er ein Bein über das andere, schnippte mit den Fingern und angelte nach einem "Gebäckstück", das er genießerisch aß. Dabei schaute er auf den schönen gepflegten Garten, der eher ein Park war, hinaus und malte sich aus, wie er zu Hause davon erzählen würde. "Das kann man gar nicht beschreiben, das alles. Einen Fotoapparat müßte man haben! Aber das bringt's auch nicht - die

Ambiance würde fehlen..." Er zog die Atmosphäre in sich ein und versuchte, alle Einzelheiten zu erfassen und sich einzuprägen. Er schwelgte, und sein alles durchdringender Gedanke war: "That's life!!!"

Es war nicht viel Zeit verflossen, als es an der Türe leise klopfte und dann Bodils Gesicht sich durch die breiter werdende Spalte schob. "Wir setzen uns jetzt zu Tisch", sagte er. "Wenn Du bitte mit mir kommen willst." Martin erhob sich und folgte dem Jungen hinab in ein Zimmer, in dem nur ein langer Tisch, umgeben von Stühlen ohne Rückenlehne, aber mit Armstützen, stand. In der Mitte des Tischblattes war eine große Schale mit vielfarbigen Früchten auf grünem Blattwerk. Es war eine Augenweide. Es war für sieben Personen gedeckt, d.h. je eine große Schale und eine kleine mit Wasser sowie ein Glas. Sie setzten sich alle, nachdem Martin mit Bodil eingetreten war. Der Hausherr sprach einen Dank aus und segnete dann die Früchte, worauf sich jeder bediente. Martin fiel es gar nicht so leicht, eine Wahl zu treffen. Schlußendlich entschied er sich für eine runde Kugel, die eine Farbe hatte wie eine Aubergine. Das Fruchtfleisch war mäßig weich und von kleinen Kernen durchsetzt; der Geschmack war köstlich. Die leichte Süße erinnerte ein wenig an Kastanienhonig. Es wurde schweigend und sehr bewußt gegessen. Niemand schlang eilig hinunter, was er sich auf den Teller gelegt hatte. Jeder aß zwei bis drei Früchte. Martin bediente sich gerne nochmals. Ein kleiner Büschel gelber länglicher "Kirschen" und eine rote Frucht, dem Granatapfel ähnlich, aber vollständig eßbar, hatten es ihm angetan, und er gratulierte sich insgeheim zu seiner Wahl. Danach wurden verschiedenste Gemüse, bereits portionsgerecht zerteilt, gereicht - ein Gedicht! Sie wurden in eine Sauce von erlesenem Geschmack getaucht, so wie Rohköstler ihre Gemüse dippen. Alle kauten gründlich und ohne Hast. Es war wie eine Meditation. Nachdem alle gesättigt waren, schenkte man sich einen kühlen Saft ein, der während des restlichen Abends getrunken wurde. Die kleine Gesellschaft setzte sich in den Garten, und ein reges Gespräch kam in Gang, wobei Martin auch über dieses und jenes befragt wurde. Bereitwillig gab er Auskunft, soweit ihm dies möglich war. Es gab Dinge, über die Clif, wie sich herausstellte, besser Bescheid wußte! Er nahme seine Mission auf der Terra ernst und interessierte sich daher für alles. Martin war glücklich und fühlte sich geborgen in dieser Familie, und mit diesen Gefühlen schlief er dann auch ein, kaum hatte er sich in sein rundes Bett gelegt.

Der Morgen begrüßte ihn mit leisen Klängen. Neugierig sah er sich um, konnte aber keine Lautsprecher entdecken. "Diese Musik", fuhr es ihm jäh durch den Kopf, "diese Musik kenne ich doch! Die war doch auch in meinem Traum!" Er ließ sich wieder zurückfallen und legte die Arme hinter seinen Kopf. So lauschte er längere Zeit und ließ sich in Gedanken forttragen. Einmal mehr wurde ihm bewußt, daß es Zufall nicht gibt. Der Traum war in etwa zur Realität geworden.

Abrupt kehrte er ins Hier und Jetzt zurück, als jemand an seine Türe klopfte. Auf das "Ja bitte" von Martin hin öffnete sie sich und ein junger Mann trat ein, unverkennbar ein Mitglied der Familie. "Ich bin Arunso", sagte er lächelnd, "und ich werde mich heute um Dein Wohl kümmern, solange mein Bruder Clif zu tun hat." Martin fühlte sich sogleich vertraut mit seinem Gegenüber, dessen gewinnende Art nicht einen Moment lang Distanziertheit aufkommen ließ; vielmehr empfand er ihn selbst als Bruder. "Möchtest Du vielleicht ein Bad nehmen, so zur Feier des Tages?" fragte Arunso und ging, ohne die Bestätigung abzuwarten, ins Badezimmer und ließ Wasser einsprudeln. Dann kam er ins Zimmer zurück und sagte: "Wenn Du fertig bist, wirst Du mich unten im Glashaus finden, o.k.?" "Ja, danke", entgegnete Martin, und Arunso machte spielerisch einen tiefen Diener, bevor er rückwärts gehend den Raum verließ. "Juhuiii!" jauchzte Martin und war mit einem Satz aus dem Bett. Wohlig räkelte er sich im großen Badebecken, wo das Wasser prickelte wie Mineralwasser mit Kohlensäure. "Ein echter Jungbrunnen muß das sein", sinnierte er, "muß ich gleich überprüfen,wenn ich fertig bin." Er ließ es aber dauern; solch eine Gelegenheit gab es wohl kein zweites Mal. Voller Tatendrang entstieg er dann dem erfrischenden Naß, trocknete sich rubbelnd ab und besah sich anschließend in einem mannsgroßen Spiegel. Derjenige, der ihm da entgegensah, war ziemlich rot und ein bißchen aufgeweicht. "Ja, ja, das wird sich schon geben, sagte er sich tröstend. Babys sehen nun mal so aus..."

Im Glashaus traf er wie vereinbart Arunso an einem Tischchen sitzen, ein kleines elektronisches Gerät vor sich, daneben ein Getränk in einem Krug, flankiert von zwei Gläsern. "Und, wie war's?" wollte er wissen. "Hier siehst Du das Endprodukt", sagte Martin lachend und strich sich mit einer zarten Geste über's Kinn. "Ich sehe", entgegnete ersterer schmunzelnd und schenkte die beiden Gläser ein. Gemeinsam genossen sie den Morgentrunk, wobei Martin schon neugierig die ersten Fragen stellte. "Machst du Hausaufgaben?" wollte er wissen und deutete dabei grinsend auf das kleine Kästchen auf dem Tisch. "Erraten", sagte Arunso. "Ich zeige Dir, um was es hier geht." Er legte es in ihre Mitte, und Martin gewahrte einige Tasten und Knöpfe. Arunso berührte leicht eine Taste, wonach eine kleine Leinwand ausgefahren wurde. Dann drückte er auf einen Knopf mit einem bestimmten Zeichen, das für Martin nichts aussagte, da unbekannt. Auf der Leinwand erschien sofort ein Ball, in dem Martin bei richtigem Hinsehen die Erde erkannte. Auf weiteres Knöpfedrücken hin erschienen die verschiedenen Kontinente in Vergrößerung, anschließend einzelne Länder, in die überlagert die Ortschaften - auch die kleinsten - eingegeben werden konnten. Wiederum in Vergrößerung ließen sich Flugaufnahmen einzelner Städte hervorzaubern, wobei rechts im Bild wichtige Angaben wie Einwohnerzahl, aufgeteilt in männlich und weiblich sowie Altersstufen, dann Gesundheitszustand, durchschnittlicher Bewußtseinsstand, weitere Daten über das momentane Klima, die Luftreinheit, potentielle Krankheitserreger, Aktivitäten der elektrischen Felder und und und erschienen.

Martin war sehr beeindruckt und auch etwas erschrocken, dermaßen erfaßt zu werden von außerirdischen Intelligenzen. Was mochten die sonst noch alles wissen über die Erdlinge? "Alles", gab Arunso zu verstehen. "Es gibt für uns keine Geheimnisse; selbst Euer Denken und Planen wird von uns erfaßt, dies allerdings dann mit speziellen verfeinerten Apparaturen. Ich werde Dir gleich erklären, warum wir dies tun. Du hast bereits erfahren, daß wir es uns, gemeinsam mit anderen Zivilisationen des Alls, zur Aufgabe gemacht haben, der Erdbevölkerung zu helfen, die Wandlung in die höhere Dimension besser zu bewältigen. Dazu müssen wir genauestens informiert sein darüber, wie es um Euch steht und was Ihr selbst tut, um in dieser Endphase zu überleben. Es ist für uns von großer Wichtigkeit zu wissen, was Eure Wissenschaftler machen, was Eure Politiker denken, tun oder eben nicht tun, und nicht zuletzt muß das Volksbewußtsein genauestens erfaßt sein, damit wir gezielte und ausreichende Hilfe bereitstellen können. Was ich hier erarbeite, ist das Grundwissen - die speziellen Gebiete studiere ich in den eigens dafür bestehenden Lernhallen, die ich Dir nun gerne zeigen möchte, wenn Du magst." Wißbegierig stimmte ihm Martin zu, und so beendeten sie diesen Aufenthalt im Glashaus, um sich aufzumachen, die Lernhalle von Arunsos Studiengebiet zu besuchen.

Es war in der Tat ein großer Raum, eine Halle, die sie nach kurzer Zeit betraten. Nichts haftete ihr an, was Martin an eine Schule oder Universität erinnert hätte. In Gruppen saßen oder standen junge Leute beieinander, locker verteilt im Raum. Dazwischen gab es Inseln mit Stehpulten, auf denen mittelgroße Computer plaziert waren, bei denen sich die Schüler Informationen holen konnten.

Die ganze Rückwand des Gebäudes war Bibliothek, die man sich auf einfachste Art zu Nutzen machen konnte. Auch hier kam Elektronik zum Einsatz. Für Martin war es gar nicht so fremd, da dieses Gebiet auch zu seinem Beruf gehörte. Wollte man nun also zu einem ganz bestimmten Thema weitere Daten, ließ sich ergänzende Literatur dazu finden, indem zuerst das Fachgebiet eingegeben wurde und dann der betreffende Verfasser, den zu konsultieren man sich vorgenommen hatte. Unter seinem Namen waren sämtliche von ihm geschriebenen Texte aufgeführt mit Stichwortangaben über den ungefähren Inhalt der Schrift. Das war an sich nicht so erstaunlich, lassen sich solche Computer-Programme doch auch auf der Erde finden. Martin kam dabei der Gedanke, ob die Erdenmenschen sich das alles selbst erdacht haben oder ob da vielleicht höheres Wissen durchgekommen war. "Du hast ganz recht", antwortete Arunso auf Martins diesbezügliche Frage, "wir haben Wissenschaftler, d.h. nicht nur wir - auch von anderen Planeten sind viele Wesenheiten inkarniert, die auf solche Art helfend mitwirken - wir haben also Leute unter Euch, die Teile unseres Wissens übermitteln. So sind wir auch in der Computerszene wesentlich beteiligt - selbstverständlich ohne daß Ihr etwas davon ahnt. Wir verhelfen Euch immer zu soviel Wissen, wie es für Euer Bewußtsein von Gutem ist."

"Ja, aber wie verhält es sich dann zum Beispiel mit der Kernspaltung, die doch, wie sich herausgestellt hat, unheilvolle Folgen heraufbeschwört hat und immer noch tut, da wir das Ganze ja alles andere als unter Kontrolle haben?" "Das ist allerdings ein leidiges Kapitel", entgegnete Arunso. "Du mußt wissen, daß dunkle Kräfte ebenso am Werk sind wie wir und versuchen, Destruktives unter die Menschheit zu bringen. Einstein z.B. wurde seine Entdeckung über die Möglichkeit der Kernspaltung von der Gegenseite zugespielt. Als er den Irrtum, wie er es nannte, öffentlich eingestand und sich davon distanzieren wollte, war es schon zu spät. Andere Mächte hatten bereits aufgegriffen, was nicht hätte sein sollen. Da die freie Entscheidung jedes Wesens für uns oberstes Gebot ist, konnten und durften wir nicht eingreifen, als die erste Atombombe explodierte. Wir dürfen jedoch eingreifen, wenn Ihr Euren Planeten zu vernichten droht; das liegt nicht in Gottes Plan, und so wird er es auch nicht zulassen. Wir sind sein verlängerter Arm, könnte man sagen." Nachdenklich brütete Martin über diesen Worten, und es war ihm anzusehen, daß sie ihn bedrückten. Nach einer Weile wollte er wissen: "Und was geschieht mit unserer Atmosphäre? Läßt sich das destruktive Geschehen, das wir durch unsere Rücksichtslosigkeit oder Unbekümmertheit heraufbeschworen haben, noch aufhalten?" "Leider nein", gab Arunso betrübt zur Antwort. "Das Ozon wird in Eurer Erdnähe zu konzentriert und in der äußeren Lufthülle schwindet es immer mehr, so daß die schädlichen Stoffe - Gase, Strahlen - immer ungehinderter auf den Erdball einwirken können. Dies ist eine Entwicklung, die schon so weit fortgeschritten ist, daß sie sich nicht mehr rückgängig machen läßt. Du siehst die Auswirkungen, die es bereits jetzt hat. Bedenke, daß z.B. das FCKW, das jetzt noch in die Luft entweicht, erst in etwa zehn Jahren voll zur Wirkung kommen wird!" Bedauernd schüttelte er den Kopf. "Ihr hättet den Dimensionenwechsel auf sanfte Art erleben können, wenn Ihr die Göttlichen Gesetze nicht aus den Augen verloren hättet." Arunso war still geworden, und Martin hatte betroffen den Kopf gesenkt und starrte auf seine Füße. Es rumorte in seinem Schädel, Gedanken jagten sich, Anzeichen von Angst stiegen auf. Ratlos schaute er wieder auf, direkt in Arunsos mitleidige Augen. "Was bleibt uns noch zu tun, Arunso? Müssen wir denn alle zugrunde gehen deswegen?" "Nein", sagte dieser mit fester Stimme, "es ist Gottes Wille, daß diejenigen, die seinen Geboten treu geblieben und die ihn suchen, Rettung erfahren sollen." Und nun kam wieder ein Leuchten in seine Augen, als er davon berichtete, wie von den Menschen der verschiedenen hochentwickelten Planeten ein Rettungsplan ausgearbeitet worden sei, der es ermögliche, alle Gottgetreuen der Terra mittels "der Arche des Himmels" eine riesige Anzahl von Raumschiffen - zu evakuieren, wenn die Zeit gekommen sei. Alles wäre bereits für diese Notwendigkeit gerüstet. "Jesus - in unserer Welt mit dem spirituellen Namen 'Sananda' benannt - ist das oberste Haupt dieser vereinigten Helfer, und Ashtar Sheran, der Oberkommandierende dieser Raumschiff-Flotte, ist ihm direkt unterstellt. Du wirst seinen Namen in Zukunft mehr und mehr zu hören bekommen und auch Einzelheiten über diese ganz große Aktion. Wir werden Dich auf der Erde mit Menschen zusammenbringen, die als Bodenpersonal für dieses große Werk mitarbeiten." Martin kam aus dem Staunen nicht heraus, und ein Hoffnungsfunken begann in seinem Herzen zu glimmen.

Arunso legte ihm mutmachend die Hand auf die Schulter und sagte dann: "Komm, laß uns hier weitermachen, damit sich Dein Wissen über uns noch mehren kann. Wir sind hier also immer noch vor der Bücherwand. Angenommen, ich wähle dieses Schriftstück aus, das noch auf dem Bildschirm dokumentiert ist - paß auf, was nun geschieht, wenn ich hier drücke..." Ein Greifarm glitt einer Schiene entlang nach rechts, dann vier Buchreihen aufwärts, und mittels eines Magneten wurde das gewünschte Buch an seinem Rücken festgehalten und herausgezogen. Auf gleichem Weg kam der Greifer mit seiner Fracht zurück. Arunso brauchte nur noch auszuklinken. "Doch, das sieht sich nicht schlecht an. Bei uns soll es Lagerhallen mit Ersatzteilen geben, die schon annähernd so funktionieren, nur hatte ich noch nie Gelegenheit, so etwas zu besichtigen." "Hm, solche Technologien und noch vieles andere wird sich in der nahen Zukunft rasant entwickeln und Euch frei machen von den Routinearbeiten. Ihr solltet jedoch die so frei gewordene Zeit auf andere Art nutzbringend verwenden, Euch geistigen, spirituellen Studien zuwenden, um Euer Bewußtsein zu erhöhen, wie wir es hier tun. Schau, alle diese Menschen haben zum Ziel, zu verstehen und mit ihrem Wissen der Menschheit zu dienen. Niemand lernt für sich alleine, sondern im Dienst für den anderen - jeder für jeden, alle für alle." Sie schlenderten von Gruppe zu Gruppe, so daß Martin mitverfolgen konnte, was die Lernthemen waren und wie sie erarbeitet wurden. Da gab es auch verschiedene Meister, die ihren Gruppen Vorträge hielten oder Fragen beantworteten. Es war nichts zu spüren von einer Rangordnung - Lehrer und Schüler begegneten sich gegenseitig respektvoll und zuvorkommend, stets in liebenswürdigem Ton miteinander sprechend. Es war eine gute Atmosphäre, in der sich niemand langweilte, niemand einen müden Gesichtsausdruck gehabt hätte.

Martin merkte gar nicht, wie die Zeit verstrich, so war er fasziniert von dieser Einrichtung Schule. Erst als Arunso sachte wieder zum Eingangsportal manövrierte, gewahrte er, daß es schon dem Abend entgegenging. "Nun, mein Freund, hast Du noch einen Wunsch im Moment?" "Nein", sagte Martin, "ich habe so viele Eindrücke zu verarbeiten, daß es mir, glaube ich, reicht." "Gut so, dann werden wir jetzt wieder zurückgehen und mit den anderen gemeinsam eine Mahlzeit einnehmen. Du bist sicher hungrig geworden." "Nicht einmal - ich war die ganze Zeit so abgelenkt, daß ich meinen Körper fast vergessen hätte." Beide lachten und kehrten frohgemut wieder in Arunsos Elternhaus zurück. Hier waren nun wieder Clif, Isma und Deril wie auch die beiden Pilotinnen versammelt. Sie bekamen zum Abschied ein köstliches Mahl serviert; die Stimmung war heiter und gelöst und erinnerte in keiner Weise an einen Abschied, den sich ja nur unser Denken schafft und der in der Realität inexistent ist.

BUCH 2

Die Zivilisation des Jupiters

Jeder Planet hat seine spezifische Bevölkerung. Diejenige auf dem wunderschönen Himmelskörper, den Ihr Jupiter nennt, ist sehr hoch entwickelt, d.h. die Menschen haben feinstoffliche Körper, sind also für Erdenmenschen nicht wahrnehmbar. Einzig Hellsichtige sind in der Lage, ihre Nähe zu bemerken. Es mag für Euch noch nicht so verständlich sein, wie es möglich ist, daß ein Planet, den Ihr als unbewohnt betrachtet, von einer Schönheit und Üppigkeit sein soll, die seiner Bevölkerung ein Dasein ermöglicht, das Eure kühnsten Träume übertrifft. Und dennoch ist es so. Ich werde versuchen, für Euch zu beschreiben, wie das Leben auf diesem Himmelskörper sich präsentiert.

Als erstes läßt sich also sagen, daß diese Menschen einen feinstofflichen Körper besitzen, den sie bei Bedarf, d.h. wenn sie sich auf der Terra aufhalten wollen, in Gedankenschnelle in Materie wandeln können. Dies ist auch vonnöten, um in der tiefen Schwingung dieses Planeten überleben zu können. Vielleicht fragt Ihr Euch jetzt, wieso es dann Verstorbenen möglich ist, in Eurer Nähe zu weilen? Diese haben nicht wie die Vorgenannten einen ätherischen Körper, sondern einen Astralkörper, der sehr wohl auch unsichtbar ist, aber in einer um einiges tieferen Schwingung vibriert. In der Astralwelt gibt es viele Ebenen, von den niederen bis zu den hohen. Die ätherische Ebene ist noch feiner, weil das Bewußtsein höher ist. Bei Euch Erdenmenschen beginnen sich jetzt auch viele Körper zu wandeln, weil die Menschen sich dem Spirituellen zuwenden. Nicht, daß sie nun plötzlich unsichtbar würden, nein, das sicher nicht, aber es finden Veränderungen im Körper statt, die sich wissenschaftlich feststellen lassen. Wenn der Körper sich allmählich verfeinern soll, muß er eben auch "umgebaut" werden.

Doch wir wollen hier nicht von den Erdbewohnern sprechen, sondern von den Menschen, die auf dem Jupiter leben. Da sie also in einer viel höheren Schwingung stehen, benötigen sie keine feste Nahrung, wie Ihr von Euch das gewohnt seid. Sie schöpfen ihre Kräfte aus dem Prana, der kosmischen Energie, die überall und jederzeit zur Verfügung steht. Sie kann über den ganzen Körper aufgenommen werden, und dies passiert laufend, also nicht nur zu bestimmten Zeiten, wie Ihr zu essen pflegt. Der ätherische Körper ist frei von jeglicher Krankheit, kann gar nicht krank werden, weil die Voraussetzungen dazu inexistent sind. Es kann auch kein Karma mehr aufgebaut werden, so wie dies im Astralkörper noch möglich ist. Ihr seht, es ist ein Zustand höchsten Wohlbefindens und des Wohlwollens für alles Seiende. Liebe ist das Allesdurchziehende. Ihre einzige Lebenaufgabe besteht darin, zu lernen und zu dienen. Es ist nicht mehr nötig, sich um das tägliche Brot zu sorgen oder sich ein Dach über dem Kopf zu erarbeiten. Jeder Gedanke, jeder Wunsch erfüllt sich von selbst, kaum ist er gedacht. "Wunderbar, genau das wäre es!" werdet Ihr sagen, doch bedenkt, was das bei Euch für Folgen haben könnte! Nicht nur positive Gedanken würden sich verwirklichen, sondern auch die negativen. Es ist Euch jetzt sicher klar, daß diese Selbstverständlichkeit nur solche Wesen besitzen dürfen, die eine vollständige Kontrolle über ihre Gedanken haben und so hoch schwingen, daß das Negative gar kein Dasein mehr finden kann. "Ob das nicht langweilig wird, immer nur brav zu sein?" fragt Ihr Euch vielleicht jetzt. Mitnichten, meine Lieben, mitnichten. Die Kultur zum Beispiel wird sehr hoch gehalten. Wer sich zu Musik oder Malerei hingezogen fühlt, kann sich voll darin versenken, und das wird zur Genüge getan. Ich wollte, Ihr könntet die himmlischen Klänge vernehmen, die riesige Orchester zu Ehren Gottes erzeugen, oder die wundervollen Bilder und Skulpturen bewundern, die ihre Häuser und Gärten zieren. Es ist eine Zivilisation, die einen ausgeprägten Sinn für das Schöne hat und viel "Zeit", ich schreibe dies in Anführungszeichen, denn Zeit existiert hier nicht mehr (sie

ist sowieso nur eine Illusion), darin investiert, um Ohr und Auge zu erfreuen. Jeder gibt sich dem hin, wohin er sich geneigt fühlt. Auch Dichtung ist eine hohe Kunst, die von den Mitmenschen genauso beachtet wird. Es ist eine Selbstverständlichkeit, daß alle diese künstlerischen Gebiete bei allen Menschen einen hohen Stellenwert besitzen, einen festen Platz einnehmen in ihrem Leben. Wer sich nicht selbst einer dieser Tätigkeiten verschrieben hat, genießt zumindest die Werke der anderen. Es findet ein reges kulturelles Leben statt, ohne daß dabei das eigene Aufwärtsstreben vernachlässigt würde. Kein Pflichtplan ist vonnöten, das eigene Lernen voranzutreiben, denn es herrscht durch das hohe Bewußtsein eine Ethik, die keines Anreizes von außen bedarf.
Das Lernen vollzieht sich individuell und muß keinesfalls in einer Regelmäßigkeit erfolgen - jeder teilt sich den Tag ein, so wie er es für gut befindet, und niemand wird sagen: "Was, Du hast die ganze Woche nichts Rechtes gearbeitet?" Die Freiheit, zu tun und zu lassen, steht jedem zu, und es würde niemandem einfallen, sich in die Einscheidung eines anderen einzumischen. Könnt Ihr Euch das vorstellen? Wohl schwerlich! Laßt uns nun gemeinsam eine kurze Zeit des Lebensablaufes eines Menschen auf dem Jupiter nachvollziehen, um eine bessere Vorstellung darüber zu erhalten.

Wir sind jetzt in einer ganz normalen Familie, d.h. nichts unterscheidet sie von den Durchschnittsmenschen auf diesem Stern. In einer Familie leben Vater und Mutter mit ein bis zwei Kindern, sofern das Paar den Wunsch hat, nicht für sich alleine zu leben. Die Großeltern dieser Kinder leben ebenfalls in derselben Gemeinschaft, nicht selten auch Onkel und Tanten, solange sie nicht selbst eine Familie bilden wollen. Diese Form der Großfamilie ist gang und gäbe. Dementsprechend sind auch die Häuser gebaut. Nebst der gemeinsamen Küche gibt es auch einen großen Eß- sowie Wohnraum, in dem sich jeder aufhält, der nicht Lust hat, alleine zu sein im eigenen Zimmer. Es gibt mehrere Badezimmer, denn Wasser ist ein Element, mit dem hier alle gerne in Berührung kommen. Die Badewannen gleichen eher kleinen Schwimmbekken, sind sie doch etwa 1 m tief und ungefähr 3 m lang mit einer Breite von gut 1 m. Es läßt sich also bequem zu zweit darin baden, was vor allem die Kinder ausnützen. Als Sprudelbad, wie Ihr dies ja nun auch kennt, wirkt es besonders erfrischend und belebend.

Es gibt einige Dinge, die denjenigen in der grobstofflichen Welt gleichen, nur eben in einer höheren Schwingung ablaufen. Zum Beispiel wird auch ferngesehen; allerdings ist das Niveau ganz den Planetenbewohnern angepaßt, was soviel heißt, daß die Sendungen ausschließlich bildender Art sind. Reine Unterhaltung ist nicht verpönt, doch ist in diesem Moment jeder mit eingebunden, also Aktivität im Wechsel mit Passivität begründen das Vergnügen. Auch das Spiel ist eine Form des Lernens, nicht nur des reinen Vergnügens. Dabei handelt es sich um Betätigung Erwachsener oder Kinder untereinander wie auch gemischt. Die Anzahl der zur Verfügung stehenden Spiele ist fast grenzenlos, und aus vielen Spielformen ergeben sich von selbst Abwandlungen oder neue Kreationen. Das Leben wird allgemein ganz locker genommen, denn die Erkenntnisse dieser Bewußtseinsebene lassen Menschen frei und glücklich sein. Jede Familie hat für sich einen ganz bestimmten Raum für spielerische Tätigkeiten, und es kommt nicht selten vor, daß sie sich dort wiederfinden ohne vorherige Absprache. Spielen liegt gewissermaßen in ihrer Natur. Das will aber nicht heißen, daß ihr Lebenswandel an Ernsthaftigkeit zu wünschen übrig ließe - bewahre, nein. Sie verstehen es nur vorzüglich, Ausgewogenheit zu schaffen mit dem Wechsel von Spiel und Arbeit. Übrigens, Leistungssport, wie es auf der Erde schon beinahe zum Kult geworden ist, existiert nicht. Körperbetätigung, wie Ihr sie kennt und pflegt, ist in den meisten Fällen schon ungesund, denn es ist nicht von Gutem, seine "Maschine" auf Leistung zu trimmen, weil sie ganz einfach nicht für das geschaffen ist. Der Körper ist der vorübergehende Wohnsitz der Seele und nicht eine Leistungsmaschine. Die Seele liebt von

Natur aus das Besinnliche und Ruhige. Was macht es denn auch für einen Sinn, wenn ein Sportler 1/100stel Sekunde schneller am Ziel ankommt als ein anderer? Vermag das in seinem Leben etwas grundlegend zu verändern? Ist das etwas für die Ewigkeit Erstrebenswertes und Notwendiges? Nein, sicher nicht. Zudem ist ein solcher Sieg ja sowieso nicht von langer Dauer, sondern äußerst gefährdet und meist sehr kurzlebig. Also, was soll's? Diese Frage haben die "Jupiteraner" schon vor langen Zeiten geklärt und sich der geistigen Entwicklung verschrieben. So gibt es denn auch so etwas wie ein Studierzimmer in ihren Häusern, wohin sich die Familienmitglieder, vom Kind bis zu Oma und Opa, recht häufig und lange zurückziehen, und es ist selbstverständlich, daß jeder für die noch nicht so weit Fortgeschrittenen Lehrerfunktion übernimmt, soweit dies gewünscht wird. Lehrmaterial steht in Hülle und Fülle zur Verfügung, gehört quasi zur Hauseinrichtung. Dies reicht vom geschriebenen Wort bis hin zum bewegten Bild- und Tonträger. Dieses Material steht allen unentgeltlich zur Verfügung.

Geld ist ein der Erde zugehöriges Tauschmittel, das unentwegten Manipulationen unterliegt. Sternenmenschen helfen sich gegenseitig ohne Belohnung. Da jeder ethisch ist, braucht sich niemand ausgenutzt vorkommen. Was der Allgemeinheit dient, wie etwa die Lernhallen, wird auch gemeinsam erschaffen durch Gedankenkraft. Nahrung, wie schon erwähnt, brauchen sie sich nicht zu beschaffen, und ihre Kleidung entspringt ebenfalls ihrer Vorstellungskraft. Die allgemeine Ausstattung ihrer Häuser ist sehr geschmackvoll und gepflegt. Es wird sehr viel Wert gelegt auf Dinge, die das Auge erfreuen: Bilder, Skulpturen, Teppiche, schöne Stoffe, Vasen und Schalen. Die Möbelstücke wirken luftig und leicht und sind von eher zierlicher Bauweise, ähnlich Euren Jugendstil-Möbeln. Dabei steht nichts Überflüssiges herum - den Sammlertrieb kennen sie nicht.

Wenn sie sich von ihrem Zuhause fortbegeben, geschieht auch dies mittels Gedankenkraft, d.h. sie stellen sich vor, wo sie hingehen möchten, und dann sind sie bereits dort. Und genau das wollen wir jetzt tun. Wir stellen uns vor, ein Konzert besuchen zu wollen, das in einem eigens dafür geschaffenen Haus stattfindet. Es ist nicht nötig, zuerst fragen zu müssen, ob es noch freie Plätze hat, denn erstens ist der Saal, den wir betreten, riesengroß wie eine Arena, und zweitens ergibt sich auf dieser Seinsebene fast alles wie von selbst. In Gedankenschnelle finden wir uns also auch in diesem Theater ein und nehmen auf noch freien bequemen Sesseln Platz. Es ist strahlend hell im Raum, obwohl es keine sichtbaren Lichtquellen gibt. Die Menschen sind schön gekleidet; die Frauen in lange fließende zartfarbene Gewänder, die Männer ähnlich wie Inder in Hose und Tunika von heller Farbe, meist weiß oder cremefarben. Schmuck wird nur sehr sparsam getragen, ein Armreif vielleicht, besetzt mit einem kostbaren Edelstein, zum Kleid passend, oder aber, was bei den meisten zu sehen ist, ein auffallender, ebenfalls edelsteinbesetzter Phantasiegürtel. An den Füßen tragen alle leichte Sandaletten, vielfach in schillernden Farben. Sie sind flach und bequem.

Die Gestalt dieser Menschen ist schlank und hochgewachsen - zwei Meter mag wohl so das Normale sein bei den Männern, die Frauen sind ein wenig kleiner. Ihre Körper sind zartgliedrig, wie man das so von vergeistigten Menschen erwartet, und die Hautfarbe ist leicht kupfern-bräunlich. Hohe Backenknochen fallen auf und große ausdrucksvolle Augen verschiedener Farben: blaßblau, graublau, blau, blaugrün oder grün. Ihre Haare, durchweg lang getragen - bei den Frauen bis hin zur Taille, bei den Männern schulterlang - reichen von blond bis zu rot oder hellbraun und sind gewellt. Sie umgeben ihre Trägerinnen und Träger in einer beneidenswerten Fülle und glänzen seidig. Die feingeschnittenen Gesichtszüge verraten eine hohe Intelligenz, gepaart mit Liebe und Güte. Alle Gesichter blicken freudig und wach; geredet wird in verhaltener Lautstärke, so daß eine feierliche Stimmung entsteht. Wie verabredet setzen sich nun alle, und die Helligkeit zieht sich vollständig auf die Bühne, die kreisrund und erhöht in der Mitte des ebenfalls runden Raumes liegt, zurück. Der Zuschauerraum wird danach aus einer offenbar anderen unsichtbaren Lichtquelle nur ganz schwach erhellt. Alles bleibt für eine kurze Weile völlig still, dann, fast nicht wahrnehmbar, erklingt ein lieblicher reiner Ton, langsam sich verstärkend, sachte verschmelzend mit weiteren hinzukommenden Klängen. Immer mehr Töne bauen sich auf, lösen sich ab, überlagern sich über weite Teile, klingen aus, um dann von neuem anzusetzen. Die Vielartigkeit der Klangfarben wirkt berauschend, und als die Symphonie der Töne in ein brausendes Finale mündet, stehen die Zuhörer auf, um mit ihrem ganzen Körper diese erhabene Schwingung aufzunehmen. Der Schlußakkord klingt noch lange nach, denn die Akustik des Raumes ist ein Meisterwerk baulicher Kunst. Lange noch stehen die Konzertbesucher und lassen die Töne in sich nachklingen bei geschlossenen Augen. Leise verlassen sie nach und nach den Saal, still begibt sich jeder zurück in sein Zuhause.

Es ist diesen Menschen eigen, sich für einen Großteil des Tages der Muse zu verschreiben. Wer sich nicht selbst betätigt, wendet sich zumindest diesen angenehmen Dingen zu, indem er sich ganz entspannt vielleicht auf einer Liege im Garten in ein Buch vertieft, das Dichtung hochschwingender Gedanken wiedergibt, oder daß er sich badend von ruhiger aufbauender Musik überfluten und seine Gedanken davontragen läßt. Er könnte aber auch zu jemandem gehen, der sich der bildenden Kunst zugewandt hat und einfach dort verweilend das Entstehen eines Kunstwerkes mitverfolgen. Stören würde er mit Sicherheit nicht, eher noch die Inspiration des Künstlers beflügeln, da die kreative Energie noch zusätzlich genährt wird von derjenigen des Zuschauers. Dadurch, daß diese Menschen sehr hoch stehen in ihrer Entwicklung, überschneiden sich ihre positiv geladenen Energiefelder, und der dadurch entstehende Austausch wirkt sich verstärkend aus. Wer hellsichtig ist, kann das Farbenspiel der sich verbindenden Auren zweier - oder mehrerer - Menschen mitverfolgen und wird sich nicht sattsehen können an dem Sich-ineinander-verweben der pastellfarbenen Energiefelder. Die Aura ist nie statisch, sondern in stetem Wechsel von Farbe und Form, wenngleich der Unterschied - im Vergleich zu den Erdenmenschen - gering ist, da diese Sternenmenschen es beherrschen, in ihrer Mitte zu ruhen. Jede aufkeimende Emotion belebt das Farbenspiel der Aura auffallend, und es ist für diese Menschen leicht zu erkennen, in was für einer Stimmung oder Verfassung sich jemand anderes befindet, wenn sie dessen Aura erblicken. Es wäre ohnedies nicht zu verheimlichen, wird doch auch jede Schwingung wahrgenommen, die jemandem anhaftet oder die er aussendet. Wenn Eure Ärzte zum Beispiel dieser Fähigkeit mächtig wären, würde sich die Diagnose einer Krankheit leicht erstellen lassen, denn jedes kranke Organ ist umgeben von einer braunen Aurafarbe; ja sogar jede noch nicht ausgebrochene Krankheit ließe sich bereits in der Aura feststellen, und es könnte somit rechtzeitig eine Gegenmaßnahme ausgearbeitet werden. Es liegen ungeahnte Möglichkeiten vor Euch - seid offen für Neues!

Die Künste sind eine erbauliche, eine erhebende Angelegenheit und gehören daher in jedermanns Dasein. Wenn doch nur auch die Erdenmenschen diese Notwendigkeit erkennen würden und alles daransetzten, sie zu fördern und, wo nötig, finanziell zu unterstützen. Wenn Ihr jeden dazu bringen könntet, einer kreativen künstlerischen Tätigkeit nachzugehen oder sie zumindest konsumierend ins eigene Leben hereinzunehmen - Ihr hättet viele Probleme nicht, die sich jetzt mehr und mehr stellen. Die Aufmerksamkeit wird durch die vielen Medien falsch kanalisiert und läßt zudem eigene Kreativität im positiven Sinn kaum noch aufkommen. Und so schlittert Ihr in etwas hinein, das sich jetzt bereits bedenklich abzeichnet: abgestumpft sein oder aber kriminell. Die jetzige Zeit, die stark polarisierend wirkt, unterstützt zudem noch diese Tendenz. Die Jupiter-Menschen, die diese Eure Entwicklung mit Bedenken verfolgen, suchen nach Wegen, Euch wieder auf die positive Bahn zu bringen, und da sie den Künsten sehr zugetan sind, kommt ihre Hilfe auch primär auf diese Art an. Sicher sind Euch schon Bilder begegnet, die, nach längerem entspannten Betrachten, die Vision der Dreidimensionalität entstehenlassen. Es sind Kreationen, inspiriert von eben diesen Sternenmenschen. Es sind auch eine Reihe von Filmen entstanden, die spirituelle Themen zum Inhalt haben oder - zu unserer Freude - außerirdische Intelligenzen aufleben lassen und sachte das Bewußtsein der Erdbevölkerung heben. Unmerklich vermag sich so höheres Wissen in den Köpfen der Menschen einzunisten. Zwar nehmen sie es noch meist als Science-Fiction hin, doch ist der Gedanke daran zumindest nicht mehr fremd.

Was den Jupiter-Menschen weiter noch auszeichnet, ist seine immense Geduld als Lehrer. Diese Eigenschaft hat sich auch auf seine Kinder übertragen, die sich an gestellte Aufgaben heranmachen, ohne zu ermüden im Bestreben, das gestellte Ziel zu erreichen. Es mag noch so lange dauern, etwas Schwieriges zu erarbeiten - ihr Geduldsfaden reißt nicht. Sie haben es bereits zu einer Unübertrefflichkeit diesbezüglich gebracht, und so sind sie für die Betreuung von Euch Erdenmenschen, die Ihr Euch oftmals sträubt, etwas Wahres anzuerkennen, ja überhaupt erst einmal zu sehen, prädestiniert. Ihr Führungsstil ist so subtil, daß die ihnen anvertrauten "Erdlinge" nur gar nichts merken, solange ihr Denken noch nicht auf den spirituellen Weg ausgerichtet ist. Dann aber kommen diese spirituellen Lehrer zu großen Ehren, und ihre Schüler sind ihnen dankbar und treu ergeben, wenn sie erkennen, um was es geht und welch große Hilfe ihnen zuteil wird von ihren Raumgeschwistern.

An dieser Stelle wäre es sicher auch interessant, zu erfahren, auf welche Art sich ein solcher Kontakt anbahnt und festigt bis hin zum Erkennen dieser Verbindung, nicht wahr? Primär läßt sich sagen, daß jeder Mensch seine(n) spirituellen Geistführer hat, der/die im Verlauf eines Erdenlebens auch ruhig einmal wechseln kann/können, sofern es die Entwicklungslage erfordert. Je höher ein Mensch geistig die Bewußtseinsleiter hinaufklettert, muß er auch qualifiziertere Lehrmeister erhalten, die ihn laufend überwachen in seinem Tun und ihn betreuen. Die Ausbildung dieser Lehrer ist gewissenhaft und streng, und die ihnen auferlegten Prüfungen erfordern Sattelfestigkeit. Jeder Lehrer muß seinem Schüler mehr als nur gewachsen sein. Seine Überlegenheit steht fest, denn jeder erhält die Schüler zugeteilt, die seiner Ausbildung entsprechen. Jeder Lehrer muß zuallererst lernen, Schwingungen richtig einzuordnen und mit ihnen umgehen zu können, denn es ist von größter Wichtigkeit, daß er seine Schüler richtig einschätzt; nur wer das nicht tut, leistet falsche Hilfe. Sobald er voll im Besitze dieser Fähigkeit ist, beginnt er auch schon anzuwenden, d. h. er erhält Menschen zugeteilt, die zu beobachten er beauftragt ist. Nebenher treibt er sein eigenes spirituelles Studium voran, um so sein spezifisches Wissen um geistige Dinge zu mehren. Er hat selbst auch einen Lehrmeister, der ihn schult und für seine künftige Aufgabe gründlich vorbereitet. Nach einer gewissen Zeit, in der der angehende Lehrer seine Fähigkeit unter Beweis gestellt hat, Menschen und ihre Emotionen und Gedanken richtig einzuschätzen, erhält er seinen ersten Schüler, den er auch geistig betreut unter der Aufsicht seines "Chefs". Die Zahl der Schüler mehrt sich mit der Fähigkeit des Lehrers, gleichzeitig mehrere Menschen zu betreuen. Und so geht es von Stufe zu Stufe, immer darauf bedacht, daß das Fundament des Lehrers unerschütterlich ist und bleibt. Jeder Erdenmensch erhält den Geistführer, der seinem Bewußtsein entspricht. Je lichtvoller ein Mensch ist, um so hochschwingender wird auch sein Lehrer sein. Eines Tages mag die Stufe dann erreicht sein, wo der Schüler sich ausdrücklich zu seinem Geistführer zu bekennen hat. In diesem Falle weiß er auch, um wen es sich handelt, und er hat die freie Wahl, dieses Lernziel auf sich zu nehmen oder aber abzulehnen. In letzterem Fall würde ihm als Ersatz ein Lehrer zugeteilt, der in der Qualifizierung eine Stufe unterhalb der zuerst vorgeschlagenen Möglichkeit liegt. Die höchstqualifizierten Lehrer für die Erdenmenschheit sind auf dem Jupiter oder der Venus beheimatet. Nur in ganz seltenen Fällen - und das sind wirklich Ausnahmen - übernimmt eine Wesenheit des Saturn oder der Sonne dieses Amt, da diese andere Aufgaben zu erfüllen haben, gemäß ihrer eigenen hohen Bewußtseinsstufe. Es liegt ganz im Ermessen des Geistführers, ob und wann er sich seinem Schüler teilweise oder ganz zu erkennen gibt, ausgenommen der zuletzt geschilderte Fall, wo zu der Entscheidung Wissen Voraussetzung ist. Dies also in groben Zügen ein Abriß davon, wie Euer spiritueller Weg begleitet wird, um Euch in Eurem Bemühen um Bewußtwerdung zu helfen.

Schöngeister wie die Jupiter-Menschen umgeben sich auch gerne mit lebender Schönheit, d.h. sie sind ausgesprochen kreativ im Züchten von Pflanzen. So ist es eigentlich ganz natürlich, daß viele der Familien ein eigenes Gewächshaus haben, in dem sie viele exotische Pflanzen pflegen, die sie nicht etwa in einer Gärtnerei erstehen, sondern, sofern sie sie nicht selbst "erfunden" haben, von Freunden geschenkt erhalten, die ihre Neukreation vorstellen möchten. Wenn ich züchten sage, so meine ich damit nicht das, was bei Euch auf Erden geschieht mit Stecklingen, Samen und so, sondern das geistige Erschaffen einer Pflanze. In der Phantasie des "Gärtners" entsteht eine feste Vorstellung vom Aussehen einer Blume zum Beispiel. Er entscheidet sich für die Form der Blüte und der Blätter und wählt eine passende Farbe - vielleicht aber auch mehrere - aus. Wenn er mit seiner Vorstellung zufrieden ist, setzt er die Idee um in feinstoffliche Materie, und fertig ist sein Werk. Die Pflanze wird fähig sein, sich selbst zu vermehren, sofern ihr Erschaffer diese Anlage ebenfalls einprogrammiert hat. Ihr dürft Euch aber nicht vorstellen, daß diese Pflanzen, weil ich von programmieren gesprochen habe, leblos, d.h. ohne Seele, wären. Jede dieser Kreationen bekommt vom Erschaffergeist auch ein Teilchen von dessen Lebensenergie übertragen - erst das macht sie lebensfähig. Hin und wieder werden Wettbewerbe veranstaltet, wo alle diese neuentstandenen Pflanzen gezeigt werden können. Zu gewinnen gibt es an sich nichts, nur daß den Preisträgern ein allgemeines Lob ausgestellt wird, indem ihre Neuschöpfungen in einen visuellen Computer-Katalog aufgenommen werden. Es kommt nämlich nicht selten vor, daß dann dieser Katalog "durchgeblättert" wird von Pflanzen-freaks, wie ihr sagen würdet, so wie ihr etwa ein Bilder- oder Fotobuch anschauen würdet. Natürlich ließe sich eine dieser Pflanzen auf Wunsch auch beschaffen, sofern sie selbstvermehrend ist, doch gelten diese Bilder eher zur Anregung eigener Schöpfungen - möglichst deutlich unterscheidbar von schon bestehenden. Die Lust am Wetteifern ist diesen Menschen eigen. Eifersucht oder Neid sind Eigenschaften, die sie schon längst überwunden haben, und so herrscht eitel Freude, wenn jemandem etwas ganz Besonderes geraten ist. Wenn Ihr durch die Gärten der Jupiter-Menschen spazieren könntet, wäret Ihr überrascht, wie vielfältig und unterschiedlich sie sich präsentieren. Da werdet Ihr nicht in jedem zweiten, dritten Garten dieselben Allerweltsblumen in Reih und Glied finden, sondern Kombinationen verschiedenster Formen und Farben, die dann dem Betrachter ein Bild - abstrakt oder konkret - übermitteln. So paaren sich zwei schöpferische Fähigkeiten auf's Trefflichste, und der Vielfalt sind somit keine Grenzen gesetzt. Die Pflege der Gärten ist nicht belastend; niemand muß im Schweiße seines Angesichts mit krummem Rücken Unkräuter entfernen, noch Kannen mit Wasser schleppen. Mittels geistiger Kraft läßt auch dies sich in Gedankenschnelle so gestalten und pflegen, wie es gewünscht wird und was erforderlich ist. Zauberei, könnte man in Eurer Sprache sagen; auf dem Jupiter ist es das Normalste von der Welt.

Die Landschaft ist von erlesener Schönheit. Weiche Formen herrschen vor. Sanfte Hügel, zum Teil mit mächtigen Bäumen vielfältigster Art bewachsen wie auf der Erde (noch), wechseln sich ab mit Tälern und weiten Ebenen, durch die Gewässer mit klarem sauberem Wasser fließen. Hier und dort ist auch ein See anzutreffen, an dem sich die Bewohner oft und gerne aufhalten, um zu baden oder ganz einfach um zu sein. Hier hat man Zeit zur Muße, zum gesellschaftlichen Beisammensein und zum ersprießlichen Gedankenaustausch. Sinnloses Herumhängen gibt es hier nicht - hinter allem steht ein Zweck, und sei es einzig der, Gott zu loben und zu preisen für seine schöne Schöpfung.

Religiosität gehört zu ihrem Leben, ist ein fester Bestandteil in ihrem Alltag. Was immer sie tun, sie tun es, um Gott wohlzugefallen. Ihr Sein ist dermaßen eng verbunden mit dem Göttlichen, daß sie nichts tun könnten, das nicht Seinen Gesetzen entspräche, das unethisch wäre. Jeder dieser Menschen pflegt das tägliche Zwiegespräch mit Gott, ihrem Schöpfer, und wenn sie um etwas bitten, dann ist es, um jemand anderem helfen zu können. Nie würden sie für sich selbst etwas erbitten, denn das Ego ist längst besiegt. Sie fühlen sich voll und ganz als Teil Gottes, als ein Teil des Ganzen, und dementspechend ist auch ihr ganzes Denken und Handeln.

Es gibt auch auf dem Jupiter immer wiederkehrende Festlichkeiten Gott zu Ehren, und bei diesen Anlässen sind Jesus Sananda und seine Mutter Maria als höchste Gäste anwesend. Ihr Energiefeld breitet sich dann erquickend über die Versammelten aus, und wer nicht dabei sein kann, empfängt ihre Botschaft über große Bildschirme, die überall verbreitet aufgestellt sind. So können alle ihren abschließenden Segen empfangen und diese große Liebesschwingung in sich aufnehmen. Jesus Sananda ist die Wesenheit, die jeder zum Vorbild hat und sehr verehrt.

Ein ganz anderes Thema möchte ich auch noch kurz anschneiden, das bei Euch Erdenmenschen auf Interesse stoßen dürfte: die Ferien. Bei Euch ist es gang und gäbe, in den paar Wochen des Nichtarbeitens sich aus den eigenen vier Wänden hinauszubegeben und, wenn irgend möglich, andere Länder oder zumindest andere Landesgegenden zu besichtigen. Wer es sich leisten kann, fliegt gar auf einen anderen Kontinent oder macht eine Weltreise. Leider sind es aber nur wenige, gemessen an der Zahl der Erdbevölkerung, die dieses Privileg des Reisens und des Ferienvergnügens für sich in Anspruch nehmen können. Das Ungleichgewicht wird immer augenfälliger, da das Karmagesetz (das Gesetz von Ursache und Wirkung) jetzt immer stärker durchschlägt, um sozusagen reinen Tisch zu machen. Da diese Bedingung unumgänglich ist, soll die Erde die nächsthöhere Bewußtseinsebene (die 4. Dimension) erreichen. Doch auch für die, die an sich das Geld dazu hätten, wird sich die Situation von Jahr zu Jahr verschärfen, denn die ganze Struktur der Erde ist im Begriff, sich zu verändern. Naturkatastrophen, wie Erdbeben, Überschwemmungen, Feuerausbrüche, Erdrutsche und Dürre, werden den Planeten überall belasten und die Stürme über ihre Oberfläche brausen, daß die Menschen mit der Zeit dermaßen verunsichert sein werden, daß sie das Reisen aufgeben werden, ja schlußendlich auch müssen, weil die Reisen selbst aus all diesen Gründen gefährlich werden. Der Klimawechsel existiert nicht nur in den Mutmaßungen einiger Wissenschaftler, sondern wird bereits jetzt zum bitteren Ernst. Dies alles mögt Ihr schon nicht mehr hören, weil es Euch Angst macht? Dann laßt Euch erzählen, wie es anderweitig ist - könnte ja sein, daß Ihr schon bald einmal in eine andere Welt versetzt werdet, das Inferno hinter Euch lassend...

Auf dem Jupiter ist jeder gleichberechtigt, d.h. daß sich jeder, der es wünscht, auf Reisen begeben kann, also Anrecht hat auf diese Art von Weiterbildung. Es ist nämlich so, daß diese "Ausflüge" in ganz anderen Dimensionen ablaufen. Distanz spielt dabei kaum eine Rolle, und wenn ich das sage, so meine ich die Distanz zwischen verschiedenen Planeten. Ja, ihr habt richtig gehört, respektive gelesen: Man reist nicht einfach auf dem eigenen Planeten umher, sondern besucht ferne Welten, die sogar in anderen Sonnensystemen liegen. Wer Lust dazu verspürt, kann sich für einen bestimmten Raumflug eigener Wahl melden und wird dann benachrichtigt,wenn eine volle Besetzung beisammen ist. Niemand muß etwas dafür bezahlen - die Gegenleistung liegt in gemeinnütziger "Arbeit", im Wirken für die Mitmenschen. Die Reisen können sich über ein ganzes Erdenjahr erstrecken, je nach Destination. Die dafür verwendeten Raumschiffe müßt Ihr Euch in der Größe eines kleinen Planeten (wie etwa die Erde) vorstellen, wenn die Reise in eine andere Galaxie führt. Dieses sogenannte Mutterschiff birgt dann viele kleiner Schiffe, mit denen dann die Reisenden auf den anderen Planeten landen, um sich darauf umzusehen und zu lernen aus der Lebensweise und aus dem Wissen der besuchten Zivilisation. Es ist üblich in dieser föderalistischen Planetengemeinschaft, sich gegenseitig zu besuchen, quasi Studienreisen zu machen. Die vorher erwähnten Mutterschiffe sind die fixen Wohnstätten für die Dauer der Reise und bieten alles, was die Reisenden benötigen. Die Energie ist unerschöpflich, da sie dem Kosmos entzogen wird, und so muß auch nicht vorgesorgt werden in bezug auf Flugkilometer. Jeder erdenkliche Umweg kann bedenkenlos eingeplant werden.

Die Menschen auf diesen Reisen lernen so Gottes unendliche Schöpfung immer besser kennen und zu erfassen. Es ist das Ziel eines jeden, seiner allumfassenden Liebe der Grenzen zu berauben und sich immer mehr der Einheit mit allem Seienden bewußt zu werden. Sie haben schon viel erreicht im Verhältnis zu anderen Planetenbewohnern, können sich aber dennoch viel erarbeiten, wenn man den Vergleich zu wiederum anderen Zivilisationen im All ziehen wollte.

Wo die Erdbevölkerung zur Zeit in etwa steht, könnt Ihr Euch wohl selbst ausmalen. Euer Ziel muß es sein, Euch möglichst schnell höherzuentwickeln, um Euch die Raumfahrt im großen Stil zu ermöglichen, denn dies ist der Weg zur schnellen Ausdehnung des eigenen Bewußtseins. Die Jupiter-Menschen stehen mit Freuden zu Eurer Verfügung, betrachten sie Euch doch als ihre Brüder und Schwestern. Ihr gehört in diese große Raum-Familie - Ihr müßt Euch dessen nur noch voll bewußt werden, um Euch dementsprechend einordnen zu können in diese große Gemeinschaft.

Jupiter wünscht Euch viel Glück und Gottes Segen!

BUCH 3

Die Venusier

Hier haben wir es mit einem wiederum sehr hoch entwickelten Planeten zu tun, dessen Bewohner demzufolge feinstofflich sind wie ihre Wohnebene auch. Eurer Überzeugung nach ist die Venus unbewohnt, doch das entspricht nur der materiellen Ebene - und die andere, die feinstoffliche, vermögt Ihr nicht zu erfassen. Die Venus ist so lieblich, wie ihr kosmischer Ton dies schon verraten läßt. Bestimmt habt Ihr schon Gelegenheit gehabt, Tonaufzeichnungen verschiedener Himmelskörper zu hören; da ist Euch sicher auch aufgefallen, wie die tiefschwingende Erde einen ebensolchen brummigen Klang verursacht, währenddessen die Venus einen hellen lockenden aussendet. Je höher die Schwingung, umso höher auch der Ton, wenn Ihr Euch an Euren Physikunterricht zurückzuerinnern versucht. Stünde Euch die Hellhörigkeit schon voll zur Verfügung, entdecktet Ihr, daß die Welt, daß das ganze Universum voller Klänge und Stimmen ist. Für Menschen, die diese Fähigkeit besitzen, kann es gelegentlich als sehr unangenehm empfunden werden, die Laute beider Welten gleichzeitig zu hören. Das kann bald einmal zu einem Zuviel werden, ist Eure eigene Umwelt doch eher geräuschvoll, um es etwas milde auszudrücken. Es ist daher wichtig, sehr schnell zu lernen, wie die feinstofflichen, d.h. die "Inneren Ohren" gewissermaßen, willentlich "zugemacht" werden können, um dieser Überbelastung zu entgehen. Dasselbe gilt übrigens auch für Hellsichtige, die ja auch nicht unbedingt immer alles sehen möchten, was es "in der anderen Welt" zu sehen gäbe oder vielmehr gibt. Doch das Willentlich-verschließen-können ist eine Erweiterung der betreffenden, bereits erhaltenen spirituellen Möglichkeit. Seid nicht ungeduldig in diesen Dingen, denn es ist viel besser für Euch, wenn Ihr sie dann entdeckt, wenn bei Euch die Zeit dafür wirklich gekommen ist, als wenn Ihr es zu erzwingen versucht, bevor Ihr Eure gänzliche Reife dafür erworben habt. Das Verarbeiten-können des Geschauten muß schließlich auch gewährleistet sein, nicht war, sonst fallt Ihr mit Eurer Sensitivität eher zur Last, als daß Ihr sie für das nutzen könnt, für das sie eigentlich gedacht ist: zum Helfen.

Zurück zur Venus: Sie ist eine der vielen Stationen, die eine Seele im Verlauf ihrer Entwicklung besuchen kann, um dort gewisse Lernprozesse zu absolvieren. Sie steht rangmäßig in dieser Hinsicht über dem Jupiter, beheimatet also Wesenheiten, die schon ein ordentliches Stück Bewußtwerdung hinter sich gebracht haben und noch das vor sich haben, das sie dann für die nächste Stufe, den Saturn, befähigt. Viele Planeten sind Lernstationen, Lebensschulen - die Erde ist der Kindergarten, könnte man im Vergleich sagen. Jeder Mensch durchschreitet eine Klasse nach der anderen und, wenn nötig, wiederholt er einen Teil seiner Ausbildung, weil er den Anforderungen noch nicht genügt. Ob er dazu mehrere Anläufe nehmen muß oder nicht, spielt an sich keine Rolle. Wichtig ist, daß er am Schluß der entsprechenden Schulung absolut sattelfest ist - dann kann der nächste Schwierigkeitsgrad in Angriff genommen werden.

Die Venusier haben hohe Ziele. Sie haben bereits gelernt, die allumfassende Liebe zu leben und suchen sich dementsprechend ihre Lebensaufgaben aus. Sie beteiligen sich ebenfalls stark an der Weiterentwicklung der Erdenmenschheit, was soviel heißt, daß viele ihrer Bewohner die Funktion eines Lehrmeisters und Schutzengels übernommen haben. Immer mehr Menschen der Terra kommen in den Genuß, Wissen aus diesen Sphären zu erhalten. Ich meine damit natürlich nicht, daß das Niveau angeglichen wird, nein, dazu ist der Bewußtseinsunterschied viel zu groß, aber bei diesen auserwählten Menschen ist das Wissen schon so groß und der Geist offen genug, um von diesen Lehrern unterrichtet zu werden. Es ist ein Hochschulpensum, was hier vermittelt wird, wenn ich bei meinen Vergleichen bleiben will. Offen muß jemand unbedingt sein, will er die übermittelten Daten auch aufnehmen und integrieren können in sein bereits bestehendes Wissen. Dabei ist sehr wichtig, daß Gesagtes ohne Vorurteile angeschaut werden kann; nur so kann sich der geistige Horizont erweitern.

Auf der Venus leben auch viele Menschen, deren eigentliche Heimt ganz woanders ist, in einem anderen Sonnensystem. Sie haben sich ausschließlich hierher begeben, um bei der Wandlung der Erde und ihrer Bewohner helfend zur Stelle zu sein mit ihrer überragenden Technologie. Es gibt viele Dinge im All zu bereinigen oder unter Kontrolle zu halten, von denen Ihr Euch gar keine Vorstellung macht. Schon nur zu verhindern, daß die Erdachse zu früh kippt, braucht eine tiefe Kenntnis aller Naturgesetze. Das Abschwächen der Radioaktivität in der Atmosphäre ist eine zweite Sache. Unglücksfälle dieser Art, die den Untergang der Erde bedeuten könnten, eine dritte. Und so gibt es eine Menge von Fakten, die größter Kontrolle von außen bedürfen, um die ganze Entwicklung im Zeitplan ablaufen zu lassen; denn daß dieser große Entwicklungssprung kommen muß, das steht fest, wie ich schon erwähnte. Viele Katastrophen sind bis jetzt von Außerirdischen - vornehmlich von Venusiern - verhindert worden, doch wird dieser Schutz jetzt vermehrt abgezogen, weil die Dinge ihren Lauf nehmen müssen, um die Wandlung zu vollziehen. Doch keine Angst, wer von Euch sich ihnen zum Freunde macht, kann sich seines persönlichen Schutzes gewiß sein. Niemand gerät in Lebensgefahr, der sich nicht dieses Karma selbst schon aufgebaut hat. Doch über dieses Thema werde ich im letzten Kapitel dieses Buches noch ausführlicher berichten.

Wenn Ihr uns (ich sage uns, weil ich im Moment oder vielmehr während der Zeit, in der ich dieses Buch durchgebe, auch hier stationiert bin) besuchen wolltet, ließe sich dieses mit unseren

Raumschiffen innerhalb kürzester Zeit bewerkstelligen. Ein Tag Eurer Zeitmessung würde ausreichen für den Hin- und Rückflug - und mit Tag meine ich dies im wahrsten Sinne des Wortes, also etwa zwölf Stunden! Die größere Schwierigkeit wäre eher die Transformation Eures Körpers innerhalb der sechs Stunden Reisezeit, doch auch das ist ein Ding der Möglichkeit. Wir haben spezielle Apparaturen in unseren Mutterschiffen, die es ermöglichen, die Frequenz Eures Körpers auf eine schadlose Art anzuheben oder - beim Rückflug - wieder abzusenken. Die Menschen, die sich dieser Wandlung unterziehen, bemerken den Vorgang kaum, da es im Grunde genommen ein natürlicher Vorgang ist, nur eben beschleunigt. Rein äußerlich ist dem Körper nichts anzumerken; in der Wahrnehmung hingegen vollzieht sich damit ein großer Wandel. Wie zu Beginn geschildert, ist das Leben auf der Venus feinstofflicher Art und demzufolge auch nur dem geistigen Auge sichtbar. Bei der Transformation eines Erdenkörpers erschließt sich, da im Zusammenhang stehend, auch die Fähigkeit, mit dem Dritten Auge sehen zu können, hellfühlig oder hellhörend zu sein noch zusätzlich für diejenigen, die bereits einen bestimmten Grad an Spiritualität erreicht haben. Diese Gaben müssen gewissermaßen wieder zurückgegeben werden, sobald der Körper wieder in seinen "Normalzustand" versetzt wird, denn es braucht eine große Vorschulung auf Erden, um zu lernen, mit dem Geschauten umgehen zu können. Es muß vorher sichergestellt werden, daß der betreffende Mensch fähig ist, ziemlich stabil in seiner Mitte zu ruhen, um einerseits nicht durch negative Eindrücke gleich aus dem Gleis geworfen zu werden und andererseits um ein genügendes Ethikbewußtsein zu haben. Bei einem Besuch in hochschwingenden Welten scheiden diese Gründe jedoch automatisch aus, da nichts unangenehm Beeinträchtigendes an den Beschauer herantreten wird.

Diese Feinstofflichkeit, von der ich spreche, ist nicht so fein, als daß sie sich einfach durchringen ließe, wie wenn Ihr mit der Hand in den Nebel hinausgreift, ohne dieses weiße "Wassergewebe" auch wirklich fassen zu können. In der niedersten Stufe von Feinstofflichkeit - in die ein kleiner Teil von Euch gelangen wird - verändert sich zu allererst einmal der endokrine Haushalt des Körpers, und die DNS wird umprogrammiert, so daß sich der Körper bei fortschreitender Wandlung hin zum Licht nicht mehr verbrauchen wird, sondern im Gegenteil nicht mehr älter wird oder sich gar verjüngt. In der höchsten Stufe von Feinstofflichkeit ist der Körper wohl noch als solcher eindeutig zu erkennen, doch anfaßbar ist er nicht mehr - er ist zum unfaßbaren Nebel geworden. Und zwischen diesen beiden Punkten liegt ein fließendes Potential von "X" Abstufungen. Die Feinstofflichkeit der mitreisenden Erdenbewohner nun findet sich etwa im ersten Drittel dieser Skala, d.h. ihr Körper ist noch anfaßbar, aber seine Struktur des Aufbaus ist schon stark verändert, verglichen mit einem "Durchschnittskörper" auf Erde. Diese Wandlung näher erläutern zu wollen, würde den Rahmen dieses Buches sprengen und sicher auch das Verständnis der meisten von Euch, würde es doch schon fast die Kenntnisse eines Hochschulstudenten der Chemie-Fakultät erfordern. Also will ich Euch nicht langweilen mit Wissen, das Ihr höchstwahrscheinlich eben gar nicht so genau wissen wollt. Es reicht, wenn Ihr vorerst diesen vagen Eindruck in Euch aufnehmt und versucht, Euch davon ein Bild zu machen. Die Realtität ist immer noch der beste Lehrmeister; also geduldet Euch noch, bis Ihr selbst eines Tages in diesen Zustand gebracht werdet...

Die Venusier haben in bezug auf die Erde auch eine Überwachungsfunktion übernommen. Das ist so zu verstehen, daß sie kontrollieren, was für Schritte diejenigen Außerirdischen unternehmen, die es mit Euch nicht so aufrichtig und gut meinen. Ich denke, es ist angebracht, Euch auch über dieses Kapitel ein paar wichtige Daten zu übermitteln, damit diejenigen, die sich nach einem Kontakt mit Menschen aus anderen Welten sehnen, sich nicht allzu blauäugig verhalten. Ich sage Euch auch gleich warum. Wer noch nichts oder nicht viel über das Thema Ufologie gelesen hat, weiß nicht unbedingt, daß nicht immer wahr ist, wenn es heißt: Alles Gute kommt von oben. Wohl sind die positiven Außerirdischen eindeutig in der Mehrheit und unermüdlich bestrebt, Euch Erdenmenschen zu helfen, wo und wann immer Ihr es wünscht, doch gibt es auch negative Wesen, die Euch ausbeuten oder, was noch schlimmer ist, die Euch wissentlich zu schaden suchen. Ausbeuten tun sie Euch insofern, als daß sie sich Erdschätze und - Ihr werdet staunen - auch Wasser holen kommen. Letzteres ist für einige Völker von ihnen sehr kostbar, da sie auf ihrem eigenen Planeten durch "Mißwirtschaft" in eine Notlage geraten sind, die sie nicht selbst zu beheben vermögen, jedenfalls nicht in dem Ausmaß, wie es vonnöten wäre. Ihr werdet denken, geschähe nichts Böseres... Gewiß, im Moment seht ihr darin keinen Nachteil, doch müßt Ihr wissen, daß das Gleichgewicht Erde/Atmosphäre in einem Gleichgewicht sein muß. Wird zuviel dieses kostbaren Nasses entzogen, verschärfen sich Eure Probleme noch mehr. Dürrekatastrophen sind Euch bereits bekannt; die würden sich noch mehren, wenn Euch Wasser entzogen wird. Es kann ja nicht mehr regnen, als von diesem Vorrat in der Luft gespeichert ist. Dies also der eine Punkt. Zum anderen läßt sich sagen, daß es nicht unbedeutend ist, was mit den Bodenschätzen von Mutter Erde geschieht. Ihr selbst plündert sie bereits maßlos, ohne auf die bedenklichen Zeichen zu achten, die sich mehr und mehr manifestieren. Die Luftverschmutzung und der daraus entstehende Klimawechsel sind hausgemacht. Die Sorglosigkeit, mit der Kohle abgebaut, Erdöl gefördert und Erdgas verbrannt wird, schreit zum Himmel. Ist Euch bewußt, daß weite Gebiete, die im Zusammenhang stehen mit der Förderung dieser Brennstoffe, bereits unbewohnbar geworden sind für Jahrzehnte? Und wie steht es mit den Metallen? Kupfer, Eisen, Gold etc. gibt es sehr wohl in großen Mengen - auch die von euch so begehrten Edelsteine, doch dürft Ihr sie nicht bedenkenlos in rauhen Mengen der Erde entreißen, denn das ist gleichbedeutend mit dem Umstand, einem Menschen einfach seine Organe herauszuoperieren. Wie im Großen, so im Kleinen! Makrokosmos und Mikrokosmos sind identisch in ihrem Aufbau! Es dürfte Euch also klarwerden, daß, wenn Eure Habgier und Verschwendung schon zu viel sind, es niemals einer zusätzlichen Ausbeutung zu gereichen vermag! Diese Art von Ausbeutung durch Außerirdische ist eine schlimme Sache, doch noch schlimmer ist die Tatsache, daß gar vor Menschenraub nicht Halt gemacht wird. Es sind noch und noch Fälle passiert, in denen Leute vom Erdboden genommen wurden, die nie wieder zurückgebracht wurden. Ich sage Euch dies absichtlich - nicht, um Euch abzuschrecken vor allem Außerirdischen, nein, sicher nicht - ich sage es, um Euch zur Wachsamkeit und Vorsicht anzuhalten. Nur wer im Lichte wandelt, sich mit Licht schützt, kann sicher sein, nicht angetastet zu werden für irgendwelchen Mißbrauch. Auch diejenigen, die wieder zurückkommen können, sind für ihr Leben geschädigt, sei dies physisch, psychisch oder, was für die meisten zutrifft, beides. Was mit diesen Menschen geschieht, ist in ein paar kurzen Sätzen umrissen. Sie werden dazu mißbraucht, bei der Schaffung von Hybriden (Kreuzung zwischen diesen beiden Rassen) mitzuwirken, oder es werden ihnen Implantate gemacht, durch die die Außerirdischen die Möglichkeit der vollständigen Kontrolle über diese Menschen erhalten. Diese Manipulation kann bis zur Selbstzerstörung führen. Das Schlimme daran ist, daß diese Menschen einer Gehirnwäsche unterzogen werden, bevor sie wieder entlassen werden. Wenn Ihr eine betroffene Person befragt, wird sie Euch mit Sicherheit sagen: "Ach, weißt Du, sie sind im Grunde genommen auch nicht schlecht. sie wissen einfach nicht, was sie tun." Und ob sie dies wissen!

Etwas möchte ich jedoch an dieser Stelle beifügen, und es ist wichtig, daß Ihr Euch auch dessen bewußt seid oder werdet: Alles birgt Gott in sich; in dem, was Ihr als negativ, als schlecht anseht, ist sein Wille genauso integriert wie im Positiven, im Guten. Um es Euch verständlicher zu machen, stellt Euch vor, Ihr habt etwas

Gutes gelernt in der Schule des Lebens. Um zu überprüfen, ob Ihr auch fähig seid, das Gelernte in die Tat umzusetzen, werden Euch Prüfungen auferlegt, d.h. Negatives wird an Euch herangetragen, um das in Euch Positive herauszufordern. Wenn Ihr Eure Lektion gut gelernt habt, wird Euch das Negative nicht zu beeinträchtigen vermögen. Es ist das Licht, das schlußendlich immer Sieger bleiben wird und das das Negative nicht mehr an sich heranläßt. Dieses Bewußtsein gilt es zu erreichen und zu festigen, und der Kreislauf der Reinkarnation in die Dualität wird sein Ende finden. Anstatt Euch also gegen diese Art von Außerirdischen zu entrüsten und sie zu verdammen, schickt ihnen Licht - so werden auch sie sich eines Tages zur Umkehr bewegen lassen.

Doch nun wieder zu Erfreulicherem. Venusier sind sehr kontaktfreudig und pflegen daher viele freundschaftliche Beziehungen, nicht zuletzt auch mit Erdenmenschen, wenn sie als zuverlässig und vertrauenswürdig erkannt werden. Es gibt einige tausend, die auf der Erde inkarniert sind und eine gewisse Zeit bei Euch bleiben, um ihre ganz spezifische Mission zu erfüllen. Sie leben wie Ihr - unauffällig - und sind nicht einfach so zu erkennen. Selten werden sie zu jemandem über Ihre Herkunft sprechen, und wenn sie es tun, dann sicher nur zu eingeweihten Lichtarbeitern, also Menschen, die über den Ablauf der künftigen Jahre weitgehend informiert sind. Sie sprechen Eure Sprache perfekt, denn sie haben die Möglichkeit, diese mittels eines elektronischen Gerätes, das Aussprache, Betonung und Satzstellung perfekt wiedergibt, innerhalb kurzer Zeit zu erarbeiten. Da ihr Gedächtnis ausgezeichnet ist, ist ein Wort schon nach einmaligem Hören bereits in ihrem Wortschatz integriert, und was sie einmal gelernt haben, wird nicht mehr vergessen. Sie können buchstäblich im Schlaf lernen, da das Gerät auf eine Frequenz eingestellt werden kann, die es erlaubt, das Speicherzentrum der schlafenden Person zu aktivieren. Ihr seht, Eure Träume sind bei den Venusiern Realtität.

Vielleicht habt Ihr im Traum schon erleben können, daß Ihr ganz ohne jegliches Hilfsmittel schweben oder fliegen konntet - ein erhabenes und beruhigendes Gefühl, nicht wahr? Sich einer Gefahr zu entziehen, indem man sich einfach in die Lüfte hebt, ist wahrlich nicht zu verachten, oder? Wenn Ihr glauben könntet, daß das tatsächlich möglich ist, würdet Ihr dies auch zweifelsohne tun. Allein, wo der Glaube fehlt... Gegen Ende dieses Jahrtausends werden es einige Menschen schaffen, sämtliche Zweifel und Begrenzungen in sich auszuschalten und so "beflügelt" durch's Leben zu wandeln. Sie werden die Schwerkraft aufheben können durch ihren Geist und sich in Gedankenschnelle, wenn es sein muß, von einem Ort zum anderen hin bewegen. Diese rein mentale Leistung wird für sie auch vonnöten sein, da die althergebrachten Verkehrsmittel nicht mehr so selbstverständlich zur Verfügung stehen werden. Aber eben, es bleibt einigen wenigen vorbehalten, da es eine sehr hohe Eigenschwingung voraussetzt, die die Venusier von Haus aus mitbringen. Dadurch, das ihr Körper sowieso nicht mehr der grobstofflichen Art zugehört, ist diese Fähigkeit der Fortbewegung schon fast gegeben; es fehlt nur noch der geistige Aspekt dazu.

Eine ganz interessante Sache ist noch folgende, die Ihr Euch sicher kaum vorzustellen vermögt, da es Euch noch nie jemand gesagt haben wird. Es geht hierbei um die "Mehrfachheit". Was darunter zu verstehen ist, wollt Ihr wissen? Nun, es sagt nichts anderes aus, als daß es Euch, so wie Ihr Euch kennt, nicht nur einmal gibt, sondern insgesamt zwölfmal! Also, wenn Ihr jetzt in Eurem Bett liegt und dies lest, seid Ihr gleichzeitig mit einem zweiten Körper vielleicht in Honolulu, mit dem dritten bei den Zulus, dem vierten in einem Hotel als Liftboy in Bombay, dem fünften in einem Kloster in der Schweiz usw. Fantasterei? Nein, die Wahrheit. Jede Wesenheit hat die Möglichkeit der Ausdehnung, um möglichst viele Erfahrungen machen zu können. Wahrscheinlich habt Ihr schon das Wort Dualseele gehört. Damit ist der ergänzende Teil männlich/weiblich gemeint. Wenn jemand als Frau geboren wude, ist ihre Dualseele männlich und umgekehrt. Diese Dualseele, die sich meistens nicht in derselben Welt aufhält (einzig in Ausnahmefällen) ist ebenfalls in zwölf Aspekte gegliedert. Sind die beiden Duale auf der gleichen Bewußtseinsebene angelangt, wo das Sich-inkarnieren-müssen dahinfällt, verschmelzen sie wieder - wie es ihr Ausgangspunkt war - zu einem Ganzen mitsamt ihren insgesamt 24 Aspekten. Venusier haben diese Einheit noch nicht erreicht, stehen aber kurz davor. Ihre Entsprechungen schwingen bereits auf der höheren Bewußtseinsebene; selbst wenn ein Teil sich auf der Erde inkarniert hat, ist er bewußtseinsmäßig dem Niveau der Venus zugehörig. Doch dies ist für Euch noch schwer zu fassen, weil sich Euer Denken und Glauben Grenzen setzt. Ich habe es hier erwähnt in dem Bestreben, gerade dieses Euer Denken ein bißchen auszuweiten, Schranken zu Fall zu bringen. Auch wenn Ihr heut noch Mühe habt mit diesen neuen Vorstellungen, so kann vielleicht schon morgen ein zaghafter Schimmer von Akzeptanz aufkommen, zumindest ein Aufkeimen von Toleranz gegenüber solchen Äußerungen. Und wo erst einmal ein solch fremdartiges Denken geduldet wird, ist der Weg nicht mehr weit, sich selbst vermehrt damit auseinanderzusetzen.

Ihr seid auf dem besten Weg, Venusier zu werden. Schon alleine der Tatbestand, daß Ihr zu diesem Buch gegriffen habt, zeugt von einer gewissen seelischen Reife, weitere Schritte zu höherem Bewußtsein hin zu gehen. Je offener Ihr neuem Denken gegenüber seid, umso freier werdet Ihr. Und je freier Ihr werdet, umso höher wird Euer Körper und Eure Seele schwingen. Nicht vergebens sagt man den Flügeln auch Schwingen...

BUCH 4

Außerirdische auf der Erde

Es ist ganz klar, daß sich die Sternenmenschen, die sich freiwillig zu Eurer Rettung zur Verfügung stellen, bestens darauf vorbereitet haben, nicht nur, indem sie auf ihren Wohnplaneten Forschungen gemacht haben, sondern daß sie sich auch unter die Erdenmenschen gemischt haben und sich immer noch mischen, um Erfahrungen aus erster Hand zu sammeln. Ein ganz wichtiger Teil ist auch die direkte Hilfe. Es geht hierbei darum, ethisches Verhalten vorzuleben, so wie Eltern ihren Kindern als gutes Beispiel dienen sollten. Um einen möglichst großen Kreis von Menschen zu erreichen, müssen es Posten sein, die in der Öffentlichkeit Beachtung finden, möglichst "im Durchzug" stehen, im Rampenlicht. Es ist wichtig, daß auch der Mann von der Straße sich interessiert, wie jemand anderer denkt, handelt und durch sein Vorleben zu beeinflussen vermag. Wer kennt nicht Michael Jackson und ist nicht neugierig darauf, zu erfahren, wie er sein Leben lebt und seine Schwierigkeiten angeht und löst? Sicher versuchen viele, sich in dieses sein Leben hineinzudenken und in der Phantasie nachzuvollziehen.

Sicher nicht selten wünscht man sich selbst, in eine Rolle hineinschlüpfen zu können, die einen zu jemandem werden läßt, der in vieler Munde ist. Die Kraft des Egos ist noch sehr groß, beherrscht die meisten Menschen in kleinerem oder größerem Maße, so daß die verantwortungsvolle und schwer lastende Seite dermaßen verdrängt wird, daß die negative Seite die Szene immer mehr beherrscht. Ist nun ein Idol selbstsüchtig und vermag seine Fans in Bann zu ziehen, entsteht eine Gemeinschaft, die intolerant und zerstörerisch auf ihre Mitmenschen wirkt. Um diese Tendenzen unter Kontrolle zu halten, haben sich viele Sternenmenschen auf der Terra inkarniert. Oft sind sie selbst in leitenden Positionen, um ihre Aufgabe voll wahrnehmen zu können. Es sind Auserwählte aus höchsten Sphären, die sich dieser Aufgaben annehmen, denn sie alleine bringen die notwendigen Anforderungen mit, die es braucht, standhaft und korrekt ein ethisches Ziel zu verfolgen oder durchzusetzen. Ihre Ausbildung hat sich über viele Inkarnationen erstreckt und ihre abgelegten Prüfungen waren zahlreich und hart. Nur wenige sind inkarnierte Engel, die diese harte Schulung natürlich nicht zu durchlaufen brauchten. Sie sind einzig dazu gekommen, helfend unter Euch zu sein, wie z.B. Mutter Theresa oder früher Franz von Assisi. Sie zeigen auf, was es heißt, das Christentum auch wirklich zu praktizieren. Gewiß, so wie Jesus es vorlebte, wird kaum jemand vermögen, nachzuleben, doch geht es ja hier primär um die wegweisende Komponente, um die Richtlinie, der zu folgen jedes Christen Aufgabe wäre, sein sollte. Diese leuchtenden Beispiele versuchen immer wieder den Weg zu markieren und Gefährdete anzuziehen. Sie opfern sich auf aus großer Liebe; sie dienen zu Ehren Gottes.

Außerirdische lebten seit jeher auf der Erde - bereits in der Bibel ist von ihnen geschrieben, nur nicht gesagt worden, daß sie von anderen Welten als Lehrer kamen. Jesaja, Hesekiel, ja auch Moses; sie und etliche andere Namen aus diesen alten Schriften sind in diesem Zusammenhang zu nennen. Ihr Wirken wäre nicht möglich gewesen, hätten sie nur das Bewußtsein der damaligen Menschheit gehabt.

Es bedarf einer viel größeren Offenheit, will der Mensch in enger Verbindung sein mit Gott und der geistigen Welt, der himmlischen Hierarchie. Nur eine geschulte Seele vermag der lautlosen Stimme des Himmels zu lauschen und das innere Auge zu öffnen, um Dinge wahrzunehmen, die dem rein irdischen Menschen noch verschlossen, ja ich möchte verstärkt sagen, noch vorenthalten sind. Ein gewisses Verstehen von Zusammenhängen, von Abläufen, von Lernplänen und -zielen, von Symbolen und Energien ist notwendig, um in die übersinnlichen Aspekte eingeweiht zu werden und übersinnliche Fähigkeiten zu erlangen. Das Einhalten der Ethik ist ein sehr wichtiges Thema, denn je fähiger jemand wird, umso mehr Möglichkeiten hat er, auf das Ganze einzuwirken, kreierend und umgestaltend, aber eben auch zerstörend, sofern er sich vom negativen Pol anziehen läßt. Die Erde ist ein Schulungsplanet, der der Polarisierung bewußt voll ausgesetzt ist und somit auch sämtliche Risiken in sich birgt. Daher ist es so enorm wichtig, die eigene Schulung des ethischen Verhaltens sehr ernst zu nehmen, um den negativen Versuchungen standhalten zu können. Gerade um dieses Abgleiten hin zur Abwärtsspirale, zum Minuspol, zu verhindern, inkarnieren sich Sternenmenschen und markieren den Weg, der schlußendlich zurückführt in die göttliche Einheit.

Es ist ein Gebot dieser höheren Lehrer, den freien Willen der Menschen weitestgehend zu akzeptieren, denn Gott tut dies in vollem Umfange - er schuf einzig das Karma-Gesetz, um eine Richtlinie, einen Rahmen zu schaffen, innerhalb dessen sich das Leben entwickeln und gedeihen kann im selbstgewählten Tempo. Der größte Weltenlehrer, der je auf Eurem Stern inkarniert war, ist Jesus Christus. Er lebte in vollendeter Form vor, in welche Richtung sich die Menschheit zu entwickeln hat, um wieder aufsteigen zu können in höhere Dimensionen, um sich von der Dualität - dem größten Schmerzerzeuger Eurer Hemisphären - trennen zu können, um zu verstehen, was es heißt, die Liebe und vor allem die Nächstenliebe zu leben. Doch leider wurde Jesus damals genauso wenig wie heute verstanden, und das Gesetz von Ursache und Wirkung muß immer härter eingreifen in das Weltengeschehen. Den Naturgesetzen trotzen heißt, sich den Naturgewalten aussetzen. Die Ethik zu mißachten heißt, sittlich zu zerfallen, roh und gewaltsam zu werden, rücksichtslos zu handeln, sich zu kriegerischen Auseinandersetzungen hinreißen zu lassen und so wiederum den Kreis zu schließen, in den die Natur bei solchen massiven Ausschreitungen mit einbezogen wird. Es bildet sich ein Teufelskreis, der nur noch schwer zu durchbrechen ist, weil es die Menschen nicht schaffen, Vergeltung gegenüber dem Mitmenschen zu unterlassen. Auch die Außerirdischen können oder vielmehr dürfen diesem Geschehen nicht Einhalt gebieten aus obengenanntem Grunde heraus, und hiermit meine ich nun wirklich diejenigen, die Euren Planeten observieren und umkreisen. Die Inkarnierten sind berechtigt, im Bereich ihrer Aufgaben und Möglichkeiten zu steuern und zu leiten, doch haben sie gegen große Gegenkräfte anzukämpfen, und nicht immer wird es ihnen gelingen, das Blatt zum Positiven zu wenden. Obwohl sie eine harte Schulung hinter sich haben, wird es nicht jedem Sternenmenschen möglich sein, den Anforderungen standzuhalten. Auch ihre Kräfte können langfristig gesehen dermaßen reduziert werden, daß sie eines Tages ihren Durchhaltewillen verlieren und mutlos aufgeben. Es ist eine unserer wichtigsten Aufgaben, zu helfen, solche Handlungen zu verhüten, doch können wir die Beweggründe durchaus verstehen und verurteilen auch keinen dieser "Aussteiger". Wir hoffen jedoch, so wenig wie möglich in diese Lage zu kommen, klein beigeben zu müssen. Diese letzte Phase der Dreidimensionalität erfordert alle zur Verfügung stehenden helfenden Kräfte zum Gelingen des Übergangs. Dank sei all denen, die sich vollumfänglich dem Dienst am Nächsten und am Ganzen verschreiben.

Auf den ersten Blick sind die Menschen, die von anderen Sternen auf die Erde gekommen sind, nicht zu unterscheiden von den Erdenmenschen. Sie haben sich bewußt einen Körper zugelegt, der dem momentanen Erscheinungsbild, d.h. dem Zeitgeist angepaßt ist, denn es liegt nicht in ihrem Interesse, aufzufallen. Würden sie es nämlich, so könnten sie nicht so unbehindert ihren Aufgaben nachgehen. Die Medienleute haben so eine Begabung, dem Geheimnisvollen, Unerklärlichen, Sensationsträchtigen nachzujagen, so daß sie alles und jeden, das/der irgendwie aus der Masse heraussticht, aufgreifen und zerpflücken. Da viele Hilfen subtil erfolgen sollen und anderes im Stillen zum Wohle der Menschen vorbereitet wird, wäre es natürlich ein großes Hindernis, diese Aktivitäten noch ganz speziell verbergen zu müssen. Da ist es doch viel einfacher, einen unscheinbaren Typ in seinem stillen Kämmerlein "basteln" zu lassen - so finden ihn seine Nachbarn und Freunde höchstens etwas versponnen, aber harmlos.

Die sich für die Politik einsetzenden Helfer aus dem All haben es da schon ein bißchen schwieriger, da sie sich gezwungenermaßen der Öffentlichkeit und den Medien zu stellen haben. Den Geist des Universums, das Denken höherentwickelter Zivilisationen einfließen zu lassen, bedarf schon diplomatischer Fähigkeiten, um nicht schon zu Beginn wieder aus dem Spiel ausscheiden zu müssen. Es ist stets eine Gratwanderung, wieviel des "neuen" Denkens infiltriert werden darf, um nicht vor den Kopf zu stoßen. Man könnte doch annehmen, daß die jetzige Zeit der häufigen Umbrüche und Fortschritte eine gewisse Offenheit und Flexibilität geschaffen hat, doch geht diese Haltung leider noch nicht über die materiellen Aspekte hinaus. Und selbst auf der materiellen Basis ist von Offenheit kaum zu reden, weil jeder eifersüchtig das Geheimnis neuer Errungenschaften so lange zu hüten sucht, bis die Konkurrenz in einen genügend großen Zeitabstand gebracht ist, daß sie nicht innerhalb nützlicher Frist zum Gegenschlag ausholen kann. Politiker heutzutage haben insofern auch einen schweren Stand, als daß sie immer wieder in den Gefahrenbereich einer Korruption gelangen. Ist ihr Anliegen, Macht auszuüben und Macht zu vermehren, führt ihr Weg stets in diese Sackgasse. Wollen sie mit ethischer Absicht an der Spitze mitreden, ziehen sie die Mißgunst aller andersdenkender Politrangler auf sich und können sich der in den Weg gelegten Stolpersteine kaum noch erwehren. Wer sich für die Ethik entschieden hat, muß einen langen Atem haben und eine dicke Haut. Und da es meist sensible Menschen sind, die sich der ethischen Zielsetzung verschrieben haben, ist es für sie umso schwieriger, durchzuhalten. Was hier hilft, ist einzig und alleine die Schulung an sich selbst, und zwar eine Schulung, die Seele und Geist anspricht, fördert, stärkt und vor allem stabilisiert.

Ihr sprecht so oft von "in seiner Mitte ruhen" - genau das ist es, was einen Menschen dazu befähigt, unbeirrt den eingeschlagenen positiven ethischen Weg zu verfolgen, allen mißtrauischen Reden und bösen, ja verleumderischen Bemerkungen zum Trotz. Es ist dieses In-der-Mitte-ruhen-können, das den außerirdischen Helfern eigen ist. Dies mag eines der wenigen Merkmale sein, die gelegentlich erkennbar sind. Wer sich mehr auf äußerliche Besonderheiten zur Erkennung von Menschen anderer Planeten stützen möchte, findet vielleicht ein Indiz in ihrem Gesicht. Meist haben ihre Augen eine starke Anziehungskraft und Ausstrahlung und können auch auffallend groß sein. Von der restlichen Erscheinung läßt sich kaum etwas ableiten, was auch gut so ist. Ihr Operieren soll ja, wie schon erwähnt, so unauffällig wie möglich erfolgen. Möglich, daß Ihr Euch nun fragt: Wieso diese Geheimnistuerei? Nun, es ist nicht jedermanns Sache, sich von fremden Intelligenzen beobachtet zu wissen und dabei ruhig zu bleiben. Zu oft schon habt Ihr erfahren müssen, daß das Eindringen Fremder gezwungenermaßen dann auch etwas mit Unterdrückung zu tun hatte und meist auch mit Krieg. Daß Ihr den Außerirdischen unterlegen sein würdet,erahnt Ihr zumindest intuitiv oder seid davon überzeugt, denn wer solche Distanzen überwindet, muß über Technologien verfügen, von denen der Mensch noch keine (große) Ahnung hat. Der kritische Leser wird bemerkt haben, daß ich ein Wort in Klammern gesetzt habe, nämlich das Wort "große". Was kann das anderes heißen, als daß eben doch schon etwas davon erfaßt worden ist? Jawohl, so ist es; auch Ihr seid in der Lage, Raum im größeren Stil zu überwinden. Also ist Euch auch eine Energiequelle bekannt, von der der Mann von der Straße noch nichts zu Ohren bekommen hat. Es ist ein Geheimnis und soll es nach dem Willen Eurer obersten Politiker auch bleiben, weil zu vieles damit im Zusammenhang steht. Doch ist schon hier und dort durchgesikkert, daß dieses Know-how gerade aus der Verbindung mit Außerirdischen stammt. Da jedoch ein schlechter Handel damit verbunden ist, der erst noch außer Kontrolle geraten ist, muß das Ganze abgestritten werden, um nicht vollends das Vertrauen der Bevölkerung und das eigene Gesicht zu verlieren.

Laßt Euch sagen: Es gibt Außerirdische und Außerirdische. Es gibt diejenigen, deren einziges Ziel es ist, helfend zur Stelle zu sein - und das ist die Mehrzahl aller fremden Besucher auf Eurer Erde - und es gibt diejenigen, die aus Eigennutz Kontakt suchen, was einer verschwindenden Minderheit entspricht. Letztere inkarnieren sich aber nicht auf der Erde, sondern kommen nur zu Besuch, eine bestimmte Mission erfüllend. Es wäre aber falsch, Euch durch diese Begegnungen allzu sehr ängstigen zu lassen, denn sie werden mehr und mehr durch die "positiven Hüter" abgefangen werden, wenn die Zeit dazu gekommen ist - die Zeit der großen Wende.

Ja, die Zeit der großen Wende, die Endzeit - ein Wort, das heute in vieler Munde ist - hat, so schreckenerregend es auch klingen mag, ebenfalls eine positive Seite wie alles Seiende auf diesem Planeten. Alles untersteht einem ständigen Wandel, und Neues kann erst entstehen, wenn das Alte vergeht. Nie wird etwas morgen haargenau gleich sein wie gestern, selbst dann nicht, wenn es sich rein äußerlich den Anschein gibt. Dazwischen liegen zumindest Gedanken, die um ein Thema kreisen, um dann in eine Idee oder Handlung überzugehen, die das Neue schafft. Was hat es nun mit der Endzeit auf sich, und was haben die Außerirdischen damit zu schaffen? Wie schon gesagt, ist es ihr Ziel, Euch zu helfen, die Wandlung der Erde sowie Eure eigene besser zu überstehen. Da sie in allen Belangen eine große Überlegenheit aufweisen können, tut der Erdenmensch nur gut daran, sich dieser Quelle der Hilfe endlich zu öffnen, bevor die Zeit zu kurz wird. Wie wollt Ihr überleben, wenn Ihr die Dinge nicht mehr im Griff zu haben vermögt? Wie, glaubt Ihr, der Durchlöcherung der Ozonschicht begegnen zu können? Der Gesundheitszustand der Erdbevölkerung wird immer kritischer, da innerhalb nützlicher Frist keine Abwehrmaßnahmen gefunden werden können, die den herkömmlichen Seuchen und neuen Krankheitsbildern Einhalt gebieten könnten. Wie wollt Ihr genmanipulierte Pflanzen, Tiere und Menschen noch unter Kontrolle behalten, wenn Ihr die Folgen Eures Tuns nicht absehen könnt? Wie wollt Ihr Haß, Kriminalität und Krieg besiegen, wenn Euer Ego die Liebe erstickt? All diese aufgeworfenen Fragen werden sich immer mehr in den Vordergrund drängen; sie werden nicht mehr zu übersehen sein,weil sie ins Immense wachsen und den Alltag unerbittlich überschatten. Ihr werdet erkennen müssen, daß Ihr Euch gewaltig überschätzt habt, daß es, um Schöpfer spielen zu können, noch einiges mehr braucht als Ihr vorzuweisen habt. Ein böses Erwachen steht Euch bevor, denn ohne Blitz und Donnerschlag würdet Ihr nicht zum Stillstand kommen und nicht über den Sinn der Ethik nachdenken.

Die Sternenmenschen versuchen seit Jahrtausenden, Euch hilfreiche Anweisungen zu geben, doch Euer Hochmut ließ Euch ihre Bemühungen verleugnen. Es ist äußerst schwierig für sie, an Eure Vernunft zu appellieren, weil das Geld im Vordergrund die Sicht in die Zukunft verdeckt. Das Geld glänzt so stark, daß es diejenigen, die darauf schauen, blind macht. Ihr treibt es noch so weit, daß Euch Geld und Gut genommen werden nüssen, damit Ihr erkennt, daß es noch viel Wichtigeres gibt, um überleben zu können. Gerade weil die Zeit so drängt, wird es fast unmöglich, ohne Holzhammermethode noch etwas rechtzeitig zu erreichen. Diese Methode widerstrebt Euren Sternengeschwistern zutiefst, da für sie das Gesetz der freien Willensäußerung gilt, und so ist es das Karma-Gesetz, das immer schmerzhafter zu wirken begonnen hat. Die inkarnierten Außerirdischen versuchen, auf die Auswirkungen dieses Gesetzes aufmerksam zu machen, so gut es eben nun einmal geht. Wie gut es geht, könnt Ihr selbst abschätzen aus dem Zustand Eures Wohnplaneten: er steht kurz vor dem Kollaps! Die katholische Kirche hatte - oder vielmehr hat immer noch - zur Aufgabe, Euch über "das dritte Geheimnis von Fatima" aufzuklären, welches zum Ziele hat(te), der Menschheit ihr Tun und das daraus Resultierende vor Augen zu halten. Seit 1960 müßtet Ihr im Besitze dieses Wissens sein, doch der Vatikan hat sich in Schweigen gehüllt. Ich bin aufgefordert, dieses "Dritte Geheimnis von Fatima" in diesen Buchtext aufzunehmen, um die Leserinnen und Leser aufzuklären über den Stand der Dinge und ihnen die Möglichkeit zu bieten, sich auf das Göttliche auszurichten, um den "Schlußakt" unbeschadet zu überstehen. Hier schreibe ich also sinngemäß den Text nieder, der Lucia am 13. Juli 1917 von Mutter Maria übermittelt wurde und den sie 25 Jahre später - sie war mittlerweile ins Kloster eingetreten - niederschrieb. Die ersten beiden wurden veröffentlicht - das dritte hätte vom Papst veröffentlicht werden sollen.

Das dritte Geheimnis von Fatima

Kind, ich habe Dich auserkoren zu dieser Mitteilung, die ich Dir geben werde. Gehe hin und veröffentliche sie der ganzen Welt, der ganzen Menschheit!

Habe keine Sorge und keine Angst; ich werde Dir beistehen. Man wird Dich zwar anfeinden, aber je stärker Du im Glauben bist, umso weniger wird diese Anfeindung Dir zu schaffen machen. Siehe: Was ich Dir jetzt sagen werde, ist für die ganze Menschheit bestimmt. Darum fürchte Dich nicht, denn die Menschheit soll erfahren, wie es um sie steht und in Zukunft um sie stehen wird! Höre gut zu und merke Dir, was ich Dir jetzt sage.

Über die ganze Menschheit wird eine große Züchtigung kommen; nicht heute und nicht morgen, jedoch vor dem Ende des 20. Jahrhunderts.

Die Menschheit hat sich nicht so entwickelt, wie Gott, unser himmlischer Vater, es von ihr erwartete. Sie hat die Geschenke Gottes, ihres Vaters, mit Füßen getreten, ja sie hat gegen diese Geschenke gefrevelt.

Nirgends auf Erden ist mehr Ordnung; überall, selbst von den höchsten Spitzen der Regierungen und Kirchen, wird Satan Besitz nehmen. Er wird nicht haltmachen, die Spitzen der Regierungen und der Kirchen in seinen Bann zu schlagen.

Er wird nicht haltmachen, die Gehirne der Wissenschaftler so zu verwirren, daß sie mächtige Waffen erfinden, die in wenigen Minuten Millionen und Abermillionen von Menschen, ja die Hälfte der Menschheit töten können. Er wird nicht haltmachen vor den Mächtigen dieser Erde und sie aufstacheln, daß sie diese

Waffen in Massen erzeugen, damit er seine Macht gebrauchen kann, um die Menschheit zu vernichten.

Wehe aber, wenn die Mächtigen dieser Erde und die Spitzen der Kirchen diesem Treiben nicht Einhalt gebieten! Dann werde ich den mächtigen Arm meines Sohnes Jesus, des Christus, fallen lassen.

Wehe, wenn die Mächtigen der Erde und die Spitzen der Kirchen es nicht ernst meinen mit ihren Bestrebungen, die Ordnung wiederherzustellen! Dann werde ich Gott, meinen Vater, bitten, Er möge das große Gericht über die Menschheit kommen lassen, das ärger sein wird, als die Sintflut damals war.

Überall auf Erden regiert Satan. Es wird unter den Kirchenführern zu gegenseitigen Kämpfen kommen, denn Satan tritt in ihre Reihen. In Rom wird es zu gewaltigen Veränderungen kommen, denn was faul ist, fällt, und was fällt, soll nicht gehalten werden, denn die Lehren der Kirchen sind verdunkelt.

Über die gesamte Menschheit und über die ganze Erde wird furchtbare Bedrängnis kommen. Feuer und Rauch werden vom Himmel fallen, und alles wird verdunkelt sein. Die Wasser der Ozeane werden verdampfen, und es wird eine so hohe Temperatur herrschen, daß die Gischt zum Himmel strahlt.

Alles, was noch aufrecht steht, soll niedergerissen werden, und von einer Stunde zur anderen werden Millionen und Abermillionen Menschen sterben. Alle, die noch am Leben sind, werden jene beneiden, die bereits tot sind. Elend wird sein, wohin man schaut, und die ganze Erde wird erbeben.

Die Zeit schreitet vorwärts, und die Kluft zwischen dem geistigen Reiche und dem Diesseits wird immer größer, denn die Menschen in ihrem Irrtum haben dem geistigen Tod zu seinem Triumph verholfen, und die Knechte Satans haben ihn emporgehoben. Er wird dann der einzige Herrscher auf Erden sein.

Aber all die, die im irdischen Leibe überleben, werden dann nach Gott rufen, und es wird so sein, daß Gott sie segnet und einen anderen Zustand herbeiführt. Dieser Zustand wird so sein wie jener auf Erden, als die Menschheit und die Welt noch nicht verdorben waren.

Ich rufe alle Nachfolger meines Sohnes Jesus, des Christus, auf sowie alle Christen, die es ernst meinen:

Scharet Euch um Christus! Er ist der einzige Garant, der Euch diese Zeit im Geiste überleben läßt!

Die Zeit der Zeiten kommt immer näher, und das Ende aller Enden kommt immer näher. Wehe den Mächtigen und den Spitzen der Kirchen, wenn nicht von ihnen eine rasche Bekehrung ausgeht! Wehe, wehe, wenn es so bleibt, wie es jetzt ist! Dann wird es noch viel schlimmer werden, als ich es jetzt Dir sagen konnte.

Geh hin, mein Kind, und sage es denen, die die Macht haben, es der ganzen Menschheit zu sagen! Ich werde bei Dir sein und für Dich eintreten, jetzt und immerdar.

Bedenke, daß ich Dir all das sage, merke es Dir und sorge dafür, daß es veröffentlicht wird!

So sprach die Mutter Jesu zu Lucia.

Außerirdische waren auch damals mit im Spiel, als am 13. Oktober 1917 bei der sechsten Erscheinung Mariens das sogenannte "Sonnenwunder" geschah, das Zehntausende am Erscheinungsort versammelte, aber auch viele in weitem Umkreis beobachten konnten. Das erzeugte Phänomen wurde möglich, indem sich ein Raumfahrzeug zwischen Sonne und Beobachter stellte und den Effekt mittels des Raumschiffes künstlich erzeugte. Ein Show-Effekt, wie Ihr dies heute nennen würdet, mit solchen Ausmaßen hätte wahrlich einen ewigen Nachhall erwarten lassen - doch wie schnell vergißt der Mensch! Die Fatima-Texte werden Euch wieder in Erinnerung gerufen werden - die "Show" jedoch wird eine andere sein...

Es ist vorgesehen, daß alle Starpeople (Sternenmenschen) mehrmals die Möglichkeit bekommen, sich auf ihre Aufgabe zu besinnen, denn oft wird der erste Anstoß gar nicht wahrgenommen, ein späteres Nachdoppeln als Irrtum abgetan, und der dritte Anlauf vermag dann möglicherweise die Aufmerksamkeit des betreffenden Menschen auf sich zu ziehen und zu fesseln. Es ist eher ein kleinerer Prozentsatz der außerirdischen Helfer, der aus eigenem Antrieb sich der Ufo-Thematik zuwendet und erkennt, woher er kommt und was er auf der Erde zu tun hat. Das ist ziemlich natürlich, denn schließlich haben die meisten Menschen auch keine Erinnerung mehr an ihre Vorleben. Die Mehrheit glaubt nicht einmal daran, schon mehrmals gelebt zu haben, gerade eben, weil sie sich an nichts erinnern kann. In den östlichen Ländern, aber auch in Teilen Afrikas und Südamerikas wird die Existenz von Vorleben angenommen, doch Erinnerungen daran haben auch sie in den seltensten Fällen. Starpeople erhalten zu gegebener Zeit Kenntnis über ihre Herkunft, und aus ihrem Bewußtseinsstand heraus werden sie dann auch bereit sein, dieses Wissen als Realität anzunehmen. Im Erkennen dieser Tatsache wird sich eine jede dieser Personen der Verantwortung bewußt werden, die sie zu übernehmen hat, denn niemand von ihnen ist ohne spezifische Aufgabe(n) gekommen.

Da der Zeitdruck stetig wächst, bleibt den Späterwachten nur noch sehr wenig Zeit, um sich auf ihre Aufgabe(n) vorzubereiten, und sie werden stark gefordert. Es gibt kaum noch Verschnaufpausen zwischen den einzelnen Schritten; die spirituellen Erlebnisse und Erfahrungen folgen Fuß auf Fuß, so daß der Erlebende kaum noch aus dem Sich-wundern herauskommt. Es kann daher oftmals schwierig sein, mit dem Verstand zu folgen, respektive ihn durch das intuitive Verstehen auszuwechseln. Der Verstand wurde das ganze Leben hindurch geschult,die Intuition hingegen völlig unbeachtet gelassen; da fällt es dann schwer, ihr plötzlich mehr Glauben zu schenken als dem ach so klugen Hirn. Das Esoterische muß zum größten Teil intuitiv erfaßt werden, weil es sich wissenschaftlich gar nicht erklären läßt. Starpeople werden damit allerdings nicht lange Mühe haben, weil sie höheren Bewußtseinsebenen angehören. Sobald sie sich ihrer mitgebrachten Fähigkeiten gewiß sind und genügend positive Erfahrungen damit gesammelt haben, sind sie auch offen für weiteres höheres Wissen.

Es gibt aber auch einige Wesenheiten, die in vollem Bewußtsein diesen Planeten betreten (haben) und genau wissen, um was es geht. Wenn Ihr denkt, daß sie es wohl am einfachsten von allen hätten, weil das ewige Suchen nach der eigenen Identität und dem Sinn des Lebens wegfällt, irrt Ihr Euch jedoch. Das hohe Verantwortungsgefühl eben dieser Menschen lastet schwer auf ihnen, denn die jetzigen Zustände fordern die letzten Reserven an Geduld und Verständnis heraus. Es ist ihnen wohl stets möglich, Kraftsäulen aus höheren Dimensionen anzuzapfen, doch der physische Körper ist es an sich nicht gewohnt, lange solchen großen Belastungen, wie sie auf Euch zukommen, ausgesetzt zu sein; sein Erlahmen ist ein zusätzlicher Druck für die Seele. Und da bekannterweise sich Körper und Seele gegenseitig beeinflussen, muß beides "gewartet" werden. Der schon erwähnte Zeitdruck wird aber dem Körper nur wenig Aufbauzeiten gewähren können. Der physiche Körper der Außerirdischen und der

Starpeople hat den Vorteil, daß er bereits in eine höhere Schwingung versetzt wurde, so daß das Nervensystem auch höheren Belastungen ausgesetzt werden kann, ohne Schaden zu nehmen. Wenn Ihr mit einem Körper eines Starpeople Tests machen lassen würdet bei einem Mediziner, könntet Ihr feststellen, daß meßbare Unterschiede zu einem "herkömmlichen" Körper zu verzeichnen sind. Und diese Unterschiede wären für den Wissenschaftler unerklärlich, da es bis jetzt keine derartigen Unterschiede gab und auch nicht herauszufinden ist, wieso diese Abweichungen zustande gekommen sind. Würden sie die Realität, daß schlußendlich alles nur auf Schwingung beruht, auch hierauf übertragen, ließe sich der Zusammenhang auch erklären. So wie eine Schwingungsveränderung einen Ton erzeugt, der den vorangehenden zum Beispiel übersteigt, so kann eine Schwingungsveränderung im Körper eben auch dessen Chemie verändern. Lauft nun aber nicht gleich zu Eurem Hausarzt, um Eure "Maschine" auf Herz und Nieren prüfen zu lassen - der arme Mensch wird ohnehin schon überfordert sein durch alle die Kranken. Nein, es ist nicht wichtig zu wissen, ob nun Euer Körper so oder anders funktioniert - wichtig ist allein, zu wissen, daß sich geistig eine mächtige Veränderung abspielt. Daß sie sich auch in der Materie niederschlägt, ist eigentlich sekundär, denn Geist steht über Materie. Konzentriert Euch also, allen Störungen und Katastrophen zum Trotz, auf das Unsichtbare im Leben - auf das höchste, das das Leben ausmacht: GOTT.

Nachwort

Nachdem ich Euch nun kleine Einblicke in andere Welten ermöglicht habe und auch versuchte, Euch Denkweisen und verschiedene Zusammenhänge näherzubringen, möchte ich dieses kleine Buch beenden mit der Hoffnung im Herzen, daß Ihr es mit Interesse und zügig gelesen habt. Mein größter Wunsch ist nämlich der, daß Ihr das Gelesene nicht einfach für Euch behaltet, sondern mit Freunden und Bekannten darüber sprecht und versucht, in ihnen Neugier zu wecken und Diskussionsbereitschaft für dieses Thema zu schaffen. Es kann nur wünschenswert sein, daß in aller Öffentlichkeit darüber gesprochen wird, was sich außerhalb des eigenen Raumes tut und was die Absicht ist, die dahinter steht. Die Angst vor Außerirdischen oder Sternenmenschen muß abgebaut werden, um eine Weiterentwicklung Eurer Zivilisation zu ermöglichen, denn nur mit der Hilfe dieser Raumgeschwister wird es Euch möglich sein, ins nächste Jahrtausend hinüberzuwechseln.

Es wird so oft vom Weltuntergang gesprochen - diese Sicht ist falsch, denn der Planet Erde wird nicht untergehen, sondern sich wandeln, erneuern, auferstehen in einer höheren Dimension. Wenn Eure Bibel von der Auferstehung spricht, so meint sie eben diese bevorstehende Zeit der Wende. Auch der Mensch wird auferstehen; er wird sich wiederfinden auf einer höheren Bewußtseinsebene. Doch dieses Aufsteigen in höhere Dimensionen darf nicht verwechselt werden mit dem Jüngsten Gericht, so wie Ihr es aus den alten Schriften interpretiert. Es wird nicht eine Trennung in Himmel und Hölle sein, ein Weiterexistieren bei Gott oder aber dem Teufel. Der Weg zurück in die Gemeinschaft des Göttlichen ist lang, und der Erdenmensch steht erst am Anfang seiner Bewußtwerdung. Bevor er "den Himmel" erreicht, wird er noch viele Entwicklungsstufen zu durchlaufen haben, die ihn in nächster Zukunft erst einmal auf die Stufe der raumfahrenden Zivilisationen heben wird. Es wird Euch beschieden sein, selbst andere Planeten zu besuchen in der Art, wie es heute für Euch selbstverständlich ist, von einem Kontinent auf den anderen zu wechseln. Die Distanz, der Raum also, wird für Euch kein unüberwindbares Hindernis sein, im Gegenteil, er wird sich Euch mehr und mehr erschließen mit all seinen Wundern. Ihr werdet erfahrene Lehrmeister neben Euch haben, die Euch in die neuen Gesetzmäßigkeiten einführen und die Euch bei der Konstruktion der neuen feinstofflichen Gebäude, der neuartigen Geräte und Fortbewegungsmittel behilflich sein werden. Sobald Ihr auf die neugestaltete wunderschöne Erde zurückkommen werdet, wird ein Leben in Frieden und Harmonie seinen Anfang nehmen. Jeder von Euch wird die notwendigen Voraussetzungen dazu mitbringen, denn in der Zwischenzeit hat sich ein jeder einer Lebensschulung unterzogen, die die alten Denk- und Verhaltensschemen als überholt und nicht mehr notwendig herauskristallisiert hat. Das Reich des tausendjährigen Friedens wird Einzug halten.

Wenn immer Ihr zu verzweifeln droht, weil es um Euch immer prekärere Lebensverhältnisse gibt, so ruft Euch diese geschilderte Zukunft ins Gedächtnis zurück, und Ihr werdet ruhiger werden und die Gegenwart mit Würde zu ertragen vermögen. Das Leben hier auf Erden ist wirklich nur ein Spiel - wenn auch ein grausames. Es wird Euch bewußt werden, sobald Ihr den Sprung in die höhere Dimension gemacht haben werdet. Seid zuversichtlich, denn wer von Euch sich in dieser letzten Zeit helfen lassen möchte und die von Gott dargebotene Hand ergreift, der ist gerettet.

Möge Gottes Licht Euer Bewußtsein erhellen! Möge Gottes Gnade sich ausbreiten über die Menschheit! Möge Gottes Liebe die Umkehr zum Licht in jedem Menschen bewirken!

Bücher des VENTLA-Verlages Nachfolger, Hohenzollernstraße 9, 33330 Gütersloh

Adamski, George: ISBN-Nr.: 3-929380-01-3;	**Im Innern der Raumschiffe** DM/sfr 39,00, öS 300
Adamski/Guanter: ISBN-Nr.: 3-929380-24-2;	**Sternenmenschen** DM/sfsr 25,00, öS 200
Angelucci, Orfeo: ISBN-Nr.: 3-929380-02-1;	**Geheimnis der Untertassen,** DM/sfr 29,70, öS 230
Ashtar: ISBN-Nr.: 3-929380-03-X;	**In kommenden Tagen** DM/sfr 22,00, öS 170
Ashtar/Anahata: ISBN 3-929380-32-3	**Die Zwischenwelt** DM/sfr 29,00, öS 220
Barker, Gray: ISBN-Nr.: 3-929380-04-8;	**Das Buch über Adamski** DM/sfr 22.00, öS 170
Berlet, Artur: ISBN-Nr.: 3-929380-05-6;	**Im Raumschiff von Planet zu Planet** DM/sfr 24,00, öS 190
Bühler, Walter K.: ISBN-Nr.: 3-929380-06-4;	**40 Begegnungen mit Außerird. in Brasilien** DM/sfr 29,70, öS 230
Dean, Barbara: ISBN-Nr.: 3-929380-25-0;	**Sterntaler - Mein Leben mit den Santinern** DM/sfr 33,00, öS 260
Dibitonto, Giogio: ISBN-Nr.: 3-929380-07-2;	**Engel in Sternschiffen** DM/sfr 33,00, öS 260
Dibitonto, Giorgio: ISBN-Nr.: 3-929380-26-9;	**Engel im Traum** DM/sfr 29,00, öS 220
Drake, Eugen: ISBN-Nr.: 3-929380-36-6	**Besucher aus dem Weltraum** DM7sfr 18,00, öS 140
Estralon: ISBN.-Nr.: 3-929380-35-8	**Mitteilungen zur Endzeit** DM7sfr 12,00, öS 95
Fry, Daniel: ISBN-Nr.: 3-929380-08-0;	**Mein UFO-Erlebnis von White Sands** DM/sfr 21,60, öS 170
Geigenthaler, Adolf: ISBN-Nr.: 3-929380-22-6;	**UFO's außerirdische Weltraumschiffe existieren wirklich** DM/sfr 39,00, öS 300
Klarer, Elizabeth: ISBN-Nr.: 3-929380-09-0;	**Erlebnisse jenseits der Lichtmauer** DM/sfr 39,00, öS 300
Klarer, Elizabeth: ISBN.-Nr.: 3-929380-34-X	**Ich flog über den Drakensberg** DM7sfr 12,00, öS 95
Leona, G. S./K. und A. Veit: ISBN-Nr.: 3-929380-10-2;	**Evakuierung in den Weltraum** DM/sfr 39,00, öS 300

Magocsi, Oscar: ISBN-Nr.: 3-929380-11-0;	**Meine Freunde aus dem Weltraum** DM/sfr 27,30, öS 210
Magocsi, Oscar: ISBN-Nr.: 3-929380-12-9;	**Meine Weltraum-Odyssee in UFOs** DM/sfr 30,90, öS 240
Magocsi, Oscar: ISBN-Nr.: 3-929380-29-3;	**Raumodyssee in UFOS;** **Die Buzz Andrews Story & danach** DM/sfr 24,00, öS 190
Mutter Maria/Guanter: ISBN-Nr.: 3-929380-31-5;	**Worte für jeden Tag** DM/sfr 39,00, öS 300
Miller, Dick: ISBN-Nr.: 3-929380-13-7;	**Dick Millers Kontakte mit Sternenmenschen** DM/sfr 19,80, öS 160
Nelson, Buck: ISBN-Nr.: 3-929380-14-5;	**Meine Reise zum Mars, zumMond und zur Venus** DM/sfr 12,00, öS 95
Renaud, Bob: ISBN-Nr: 3-929380-15-3;	**Meine Kontakte mit Außerirdischen (III)** DM/sfr 18,00, öS 140
Sumner, Dr. F.W.: ISBN-Nr. 3-929380-23-4;	**Das kommende Goldene Zeitalter** DM/sfr 7,80, öS 60
Tuella: ISBN-Nr.: 3-929380-16-1;	**In Erden-Mission** DM/sfr 39,00, öS 300
Tuella: ISBN-Nr.: 3-929380-30-7;	**Projekt Welt-Evakuierung** DM/sfr 24,00, öS 190
Tuella: ISBN-Nr.: 3-929380-27-7;	**Weltbotschaften für dieses Jahrzehnt** DM/sfr 29,00, öS 220
Tuella: ISBN-Nr.: 3-929380-28-5;	**End-Zeit 1990 - 1999** DM/sfr 18,00, öS 140
Veit, Karl: ISBN-Nr.: 3-929380-17-X;	**Außerird. Weltraumschiffe sind gelandet** DM/sfr 5,00. 4ß
Veit, Karl: ISBN-Nr.: 3-929380-18-8;	**Dokumentarbericht 1967** DM/sfr 15,00, öS 120
Veit, Karl: ISBN-Nr. 3-929380-19-6;	**Dokumentarbericht 1972** DM/sfr 15,00, öS 120
Veit, Karl: ISBN-Nr.: 3-929380-20-X;	**Dokumentarbericht 1975** DM/sfr 15,00, öS 120
Veit,Karl: ISBN-Nr.: 3-929380-21-8;	**Interplanetarische Flugobjekte (24 Postkarten)** DM/sfr 15,00, öS 120

VENTLA-Verlag Nachfolger,
Hohenzollernstraße 9, D-33330 Gütersloh

(Gesamtverzeichnis kostenlos erhältlich)